KB150547

초등학생이 꼭 읽어야 할

한국단편소설

| 일러두기 |

● 교과서에 실린 작가들의 한국대표 단편소설을 선별해서 실었습니다.
● 어려운 낱말에는 풀이를 달아놓았습니다.
● 한자는 대부분 한글로 바꾸고, 일부 괄호 안에 한자를 넣은 곳도 있습니다.
● 일부 작품은 중략을 통해 부분만 실은 작품도 있습니다.

초등학생이 **꼭** 읽어야 할

한국 단편소설

초판 1쇄 인쇄_2023년 5월 20일 | **초판 5쇄 발행**_2025년 1월 15일
지은이_김동인 외 7인 | **그린이**_김태연
펴낸이_진성옥 외 1인 | **펴낸곳**_꿈과희망
주소_서울시 용산구 한강대로76길 11-12 5층 501호
전화_02)2681-2832 | **팩스**_02)943-0935 | **출판등록**_제 2016-000036호
e-mail_ jinsungok@empal.com
ISBN_979-11-6186-136-4 63810
※ 책 값은 뒤표지에 있습니다.
※ 새론북스는 도서출판 꿈과희망의 계열사입니다.
©printed in Korea. | ※ 잘못된 책은 바꾸어 드립니다.

교과서에 실린 작가들의
한국대표 단편소설

초등학생이 **꼭** 읽어야 할

한국
단편소설

김동인 외 7명 글 / 김태연 그림

꿈과희망

소설 속 세상으로 여행을 떠나자!

"상상력은 어디까지 가능할까?"

작가가 상상력으로 이야기를 써내려가거나 또는 사실에 바탕을 두고 주로 이야기를 꾸며나가면서 소설은 이루어집니다.

그러다 보니 재미있고 감동적인 이야기가 펼쳐진 세상이 소설입니다. 소설은 일단 재미가 있습니다. 누가 이야기할 때 재미있고 흥미로운 주제이면 빠져들 듯이, 소설을 읽다 보면 너무 재미있어서 시간 가는 줄 모르고 빠져들곤 합니다.

단편소설은 짧은 이야기로 이루어져 있습니다. 짧은 이야기 속에서 작가는 자신의 이야기를 펼쳐내기고 하고 그 시대의 모습을 담기도 합니다. 짧은 이야기를 펼쳐야 하기 때문에 작가의 상상력이 개성을 드러내기도 합니다.

한국단편소설을 읽다 보면 우리 할머니 할아버지, 증조할머니 증조할아버지가 살던 시대가 얼마나 고통스러운 역사의 시간이었는지 알게 됩니다.

같은 땅이지만 한국단편소설 속에 등장하는 이곳은 지금의 우리가 경험하지 못한 세상입니다. 소설이 상상의 세상이지만 작가가 살면서 경험하고 느끼는 것들이 이곳저곳에 흔적을 남기게 됩니다.

　우리는 한국단편소설을 읽으면서 작가가 살았던 세상을 만나기도 하고 소설 속에 등장하는 인물을 통해서 그 시대의 사람들을 만나게 됩니다.

　소설 한 편을 읽으면 우리 마음 어딘가에 하나의 경험이 쌓이게 되는 것입니다. 이런 경험들이 하나하나 쌓이다 보면 우리는 우리만의 세상을 만들어가게 됩니다.

　한국단편소설을 통해 우리가 경험하지 못한 역사 속으로 들어가기도 하고, 수많은 사람들과 만날 수 있고, 그들이 어떤 생각들을 갖고 있는지 함께 나눌 수 있습니다.

　책을 가장 많이 읽는 시기는 초등학교 1학년 때라고 합니다.

　십대인 여러분은 동화책보다 소설을 읽게 됩니다. 첫 만남이 조금은 낯설기도 합니다. 여기 실린 작품은 교과서에 실리는 작가들의 한국대표 단편소설들입니다. 문학성이 뛰어나고 우리나라 문학사에서 중요한 위치를 차지하고 있는 작품들입니다. 첫 만남이 주는 낯설음이 재미와 감동으로 이어지지는 시간이 되길 바랍니다.

■ 이야기 순서

소설 속 세상으로 여행을 떠나자!
004

황소와 도깨비

이
상

■ 이상(1910~1937)
시인, 소설가, 수필가, 건축가, 화가입니다. 본명은 김해경, 호는
하륭입니다. 보성고등보통학교와 경성고등공업학교 건축과를 졸업
했습니다. 발표한 시로는 〈오감도〉, 〈삼차각설계도〉 등이 있고, 수
필체 소설로는 〈날개〉, 〈동해〉, 〈종생기〉 등이 있습니다. 특히 대
표작 〈날개〉는 내용이 난해하고 형식의 파격성 때문에 1930년대
한국소설 가운데 하나의 기준을 만들고, 이 소설을 발표한 이후 한
국 현대문학 최초의 심리주의 작가로 불리게 되었습니다.

■ 읽기 전에
이 작품은 이상의 유일한 동화 작품입니다.
〈황소와 도깨비〉는 1937년 3월 5일부터 9일까지 《매
일신보》에 연재되었던 작품입니다.
이 동화에서는 순수한 작가 정신을 엿볼 수 있습니다.
이 소설이 주는 생명을 소중히 여기고 권선징악이라는
교훈적 요소를 생각하며 읽어보세요.

황소와 도깨비

어떤 산골에 돌쇠라는 나무 장수가 살고 있었습니다. 나이 삼십이 넘도록 장가도 안 가고 또 부모도 일가친척도 없는 혈혈단신*이라 먹을 것이나 있는 동안은 빈둥빈둥 놀고 그러다가 정 궁하면 나무를 팔러 나갑니다.

어디서 해오는지 아름*드리 장작이나 솔나무를 황소 등에다 듬뿍 싣고 장터나 읍으로 팔러 나갑니다.

아침 일찍이 해도 뜨기 전에 방울 달린 소를 끌고 이려이려, 딸랑딸랑, 이려이려 이렇게 몇십 리씩 되는 장터로 읍으로 팔릴 때까지 끌고 다니다가 해 저물녘이라야 겨우 다시 집으로 돌아옵니다.

그 방울 달은 황소가 또 돌쇠의 큰 자랑거리였습니다.

돌쇠에게는 그 황소가 무엇보다도 소중한 재산이었습니다.

자기 앞으로 있던 몇 마지기* 토지를 팔아서 돌쇠는 그 황소

▶혈혈단신 : 의지할 곳이 없는 외로운 홀몸.
▶아름 : 두 팔을 벌려 껴안은 둘레의 길이나 물건의 양. 아름드리는 둘레가 한 아름을 넘음을 뜻함.
▶마지기 : 논밭의 넓이의 단위. 한 말의 씨앗을 뿌릴 만한 넓이가 한 마지기로써 논은 150~300평 밭은 100평 내외가 됨.

를 산 것입니다.

　그 황소는 아직 나이는 어렸으나 키가 훨씬 크고 골격도 튼튼
하고 털이 유난스럽게 고왔습니다.

　긴 꼬리를 좌우로 흔들며 나뭇짐을 잔뜩 지고 텁석텁석 걸어
가는 모습은 보기에도 참 훌륭했습니다. 그 동리*에서 으뜸가
는 이 황소를 돌쇠는 퍽 귀애하고 위했습니다.

　어느 해 겨울 맑게 개인날 돌쇠는 전과 같이 장작을 한 바리*
잔뜩 싣고 읍을 향해서 길을 떠났습니다.

　읍에 도착한 것이 정오 때쯤이었습니다.

▶동리 : 마을.　　　　　　　　　　　▶바리 : 말, 소에 잔뜩 실은 짐을 세는 단위.

그날은 운수가 좋았던지 살 사람이
얼른 나서서 돌쇠는 그리 애쓰지 않
고 장작을 팔 수 있었습니다.

돌쇠는 마음이 대단히
흡족해서 자기는 맛
있는 점심을 사먹고
소에게도 배불리 죽을 먹
였습니다. 그리고 나서
잠깐 쉬고 그날은 일찍
돌아올 작정이었습니다.

얼마쯤 돌아오려니까 별안간
하늘이 흐리기 시작하고 북풍이
내리불더니 히뜩히뜩 진눈깨비까
지 뿌리기 시작합니다.

돌쇠는 소중한 황소가 눈을 맞을까
겁이 나서 길가에 있는 주막에 들어가서 두어 시간 쉬었습니
다. 그랬더니 다행히 눈은 얼마 아니오고 그치고 말았습니다.

아직 저물지는 않았으므로 돌쇠는 황소를 끌고 급히 길을 떠
났습니다. 빨리 가면 어둡기 전에 집에 돌아올 수 있을 것 같았
기 때문입니다.

그러나 짧은 겨울 해는 반도 못 와서 어느덧 저물기 시작했습
니다.

날이 흐렸기 때문에 더 일찍 어두웠는지도 모릅니다.

"야단났구나."

하고 돌쇠는 야속한 하늘을 쳐다보며 혼자 중얼거리고 가만히 소 등을 쓰다듬었습니다.

"날은 춥고, 길은 어둡고, 그렇지만 할 수 있나. 자, 어서 가자."

돌쇠가 혼잣말같이 중얼거리는 말을 소도 알아들었는지 딸랑딸랑, 뚜벅뚜벅 걸음을 빨리 합니다.

이렇게 얼마를 오다가 어느 산허리를 돌아서려니까 별안간 길 옆 숲속에서 고양이만한 새까만 놈이 깡충 뛰어나오며 눈 위에 가 엎드려 무릎을 꿇고 자꾸 절을 합니다.

"돌쇠 아저씨, 제발 살려 주십시오."

처음에는 깜짝 놀란 돌쇠도 이렇게 말을 붙이므로 발을 멈추고 자세히 바라보니까 사람인지 원숭인지 분간할 수 없는 얼굴에, 몸에 비해서는 좀 기름한* 팔다리, 살결은 까뭇까뭇하고, 귀가 우뚝 솟고, 작은 꼬리까지 달려서 원숭이 같기도 하고 또 어떻게 보면 개 같기도 했습니다.

"얘, 요게 뭐냐."

돌쇠는 약간 놀라면서 소리쳤습니다.

"대체 너는 누구냐."

"제 이름은 산오뚝이에요."

"뭐? 산오뚝이?"

그때 돌쇠는 얼른 어떤 책 속에서 본 그림을 하나 생각해냈습

▶기름하다 : 조금 긴 듯하다. 갸름하다. 길쭉하다.

니다.

　그 책 속에는 얼굴은 사람과 원숭이의 중간이요, 꼬리가 달리고 팔다리가 길고 귀가 오뚝 일어선 것을 그려 놓고 그 옆에다 도깨비라고 씌여 있었던 것입니다.

　"거짓말 말어, 요놈아."

　하고 돌쇠는 소리를 버럭 질렀습니다.

　"너 요놈, 도깨비 새끼지."

　"네, 정말은 그렇습니다. 그렇지만 산오뚝이라고도 합니다."

"하하하하, 역시 도깨비 새끼였구나."

돌쇠는 껄껄 웃으면서 허리를 굽히고 물었습니다.

"그래, 대체 도깨비가 초저녁에 왜 나왔으며 또 살려 달라는 건 무슨 소리냐?"

도깨비 새끼의 이야기는 이러했습니다.

지금부터 한 일주일 전에 날이 따뜻하길래 도깨비 새끼들은 대여섯 마리가 떼를 지어 인가 근처로 놀러 나왔더랍니다.

하루 온종일 재미있게 놀고 막 돌아가려 할 때에 마침 동리의 사냥개한테 붙들려 꼬리를 물리고 말았습니다.

겨우 몸은 빠져나왔으나 개한테 물린 꼬리가 반동강으로 툭 잘라졌기 때문에 여러 가지 재주를 못 피우게 되고 말았습니다. 그뿐 아니라 동무들도 다 잃어버리고 혼자 떨어져서 할 수 없이 지금까지 그 산허리 숲 속에 숨어 있었던 것입니다.

도깨비에겐 꼬리가 아주 소중한 물건입니다.

꼬리가 없으면 첫째 재주를 피울 수 없으므로 먼 산속에 있는 집에도 갈 수 없고 배가 고파서 먹을 것을 찾으러 나가려니 사냥개가 무섭습니다.

날이 추우면 꼬리의 상처가 쑤시고 아프고 그래서 꼼짝 못하고 일주일 동안이나 숲 속에 갇혀 있다가 마침 돌쇠가 지나가는 것을 보고 살려 달라고 뛰어나온 것입니다.

"제발, 이번만 살려 주십시오. 은혜는 평생 잊지 않겠습니다."

이야기를 마치고 나서 도깨비 새끼는 머리를 땅속에 틀어박고 두 손을 싹싹 빕니다.

이야기를 듣고 자세히 보니까 과연 살이 바싹 빠지고 꼬리에는 아직도 상처 생생하고 추위를 견디시 못해서 온몸을 바들바들 떨고 있습니다.

돌쇠는 그 광경을 보고 아무리 도깨비 새끼로서니…… 하는 측은*한 생각이 나서,

"살려 주기야 어렵지 않다마는 대체 어떻게 해 달라는 말이냐?"

하고 물었습니다.

"돌쇠 아저씨의 황소는 참 훌륭한 소입니다. 그 황소 뱃속을 꼭 두 달 동안만 저에게 빌려주십시오. 더두 싫습니다.

꼭 두 달입니다.

두 달만 지나면 날도 따뜻해지고 또 상처도 나을 테니까 그때는 제 맘대로 돌아다닐 수 있습니다.

그동안만 이 황소 뱃속에서 살도록 해주십시오.

절대로 거짓말을 해서 아저씨를 속이기는커녕 제가 이 소 뱃속에 들어가 있는 동안은 이 소를 지금보다 열 배나 기운이 세게 해드리겠습니다.

그러니 제발 이번 한 번만 살려 주십시오."

이 말을 듣고 돌쇠는 말문이 막히고 말았습니다.

귀엽고 소중한 황소 뱃속에다 도깨비 새끼를 넣고 다닐 수는 없는 일입니다. 그렇다고 그것을 거절하면 도깨비 새끼는 필

 ▶측은 : 불쌍하고 가엾음.　　 ▶필경 : 끝장에 가서는. 결국. 끝끝내.

경* 얼어죽거나 굶어죽고 말 것입니다.

아무리 도깨비라도 그렇게 되는 것을 그대로 둘 수 없고 또 소의 힘을 지금보다 열 배나 강하게 해준다니 그리 해로운 일은 아닙니다.

생각다 못해서 돌쇠는 소의 등을 두드리며 '어떡하면 좋겠니' 하고 물어보니까 소는 그 말 귀를 알아들었는지 고개를 끄덕끄덕합니다.

"그럼, 너 하고 싶은 대로 하거라. 그렇지만 꼭 두 달 동안이다."

돌쇠는 도깨비 새끼를 보고 이렇게 다짐했습니다.

도깨비 새끼는 좋아라고 펄펄 뛰면서 백 번 치사*하고 깡충 뛰어서 황소 뱃속으로 들어가고 말았습니다.

돌쇠는 껄껄 웃고 다시 소를 몰기 시작했습니다.

그랬더니 참 놀라운 일입니다.

아까보다 열 배나 소는 걸음이 빨라져서 도저히 따라갈 수가 없었습니다. 할 수 없이 소 등에 올라탔더니 소는 연방 딸랑딸랑 방울 소리를 내며 순식간에 마을까지 뛰어 돌아왔습니다.

과연 도깨비 새끼가 말한 대로 돌쇠의 황소는 전보다 열 배나 힘이 세어졌던 것입니다.

그 이튿날부터는 장작을 산더미같이 실은 구루마*라도 끄는지 마는지 줄곧 줄달음질*을 쳐서 내뺍니다.

▶치사 : 고맙고 감사하다는 뜻을 나타냄. ▶구루마 : 수레.
▶줄달음질 : 달음박질. 급히 뛰어 달려가는 걸음.

그 전에는 하루종일 걸리던 장터를 이튿날부터는 아무리 장작을 많이 실었어도 하루 세 번씩을 왕래했습니다.

돌쇠는 걸어서는 도저히 따라갈 수가 없어서 새로 구루마를 하나 사서 밤낮 그 위에 올라타고 다녔습니다. 얘, 이건 참 굉장하다…… 하고 돌쇠는 하늘에나 오른 듯이 기뻐했습니다.

따라서 전보다도 훨씬 더 소를 귀여워하고 소중히 여기게 되었습니다.

자, 이렇게 되니 동리에서나 읍에서나 큰 야단입니다.

돌쇠의 황소가 산더미같이 장작을 싣고 하루에 장터를 세 번씩 왕래하는 것을 보고 모두 눈이 둥그래졌습니다.

그중에는 어떻게 해서 그렇게 황소의 힘이 세어졌는지 부득부득 알려는 사람도 있고 또 달라는 대로 돈을 줄 터이니 제발 팔라고 청하는 사람도 있었으나 돌쇠는 빙그레 웃기만 하고 대답도 하지 않았습니다.

'무슨 말이냐, 우리 소가 제일이다.'

그럴 적마다 돌쇠는 이렇게 생각하고 더욱 맛있는 죽을 먹이고 딸랑딸랑 이려이려 하고 신이 나서 소를 몰았습니다.

원래 게으름뱅이 돌쇠입니다마는 이튿날부터는 소 모는 데 그만 재미가 나서 장작을 팔러 다니며 돈을 많이 모았습니다.

눈이 오거나 아주 추운 날은 좀 편히 쉬어 보려고 해도 소가 말을 안 들었습니다.

첫 새벽부터 외양간 속에서 발을 구르고, 구슬을 흔들며, 넘쳐흐르는 기운을 참지 못해 껑충껑충 뜁니다.

그러면 돌쇠는 할 수 없이 황소를 끌어내고 맙니다.

이러는 사이에 어느덧 두 달이 거의 다 지나가고 삼월 그믐께 가 다가왔습니다.

그때부터 웬일인지 자꾸 소의 배가 부르기 시작했습니다.

돌쇠는 깜짝 놀래어 틈 있는 대로 커다란 배를 문질러 주기도 하고 또 약도 써 보고 했으나 도무지 효력이 없습니다.

노인네들에게 보여도 무엇 때문인지 아는 사람이 없었습니다.

돌쇠는 매일을 걱정과 근심으로 지냈습니다. 아마 이것이 필경 뱃속에 있는 도깨비 장난인가 보다 하는 것은 어슴푸레 짐작할 수 있었으나 처음에 꼭 두 달 동안이라고 약속한 일이니 어찌할 수 없는 일입니다.

그뿐 아니라 소는 다만 배가 불러올 뿐이지 별로 기운도 줄지 않고 앓지도 않았으므로,

'제기, 그냥 두어라. 며칠 더 기다리면 결말이 나겠지. 죽을 것 살려 주었는데 설마 나쁜 짓이야 하겠니.'

이렇게 생각하고 사월이 되기만 고대했습니다.

소는 여전히 기운차게 구루마를 끌고 산이든 언덕이든 평지 같이 달렸습니다.

드디어 삼월 그믐이 다가왔습니다.

돌쇠는 겨우 '후' 하고 한숨을 내쉬고 그날 하루만은 황소를 편히 쉬게 했습니다. 그리고 이왕이면 오늘 하루만 더 도깨비를 두어두기로 결심하고 소를 외양간에다 맨 후 맛있는 죽을 먹이고 자기는 일찍부터 자고 말았습니다.

　이튿날 사월 초하룻날 첫 새벽입니다. 문득 돌쇠가 잠을 깨
니까 외양간에서 쿵쾅쿵쾅 하고 야단스런 소리가 났습니다.

　돌쇠는 깜짝 놀라서 금방 잠이 깨어서 뛰쳐 일어났습니다.

　소를 누가 훔쳐 가지나 않나 하는 근심에 돌쇠는 옷도 못 갈
아입고 맨발로 마당에 뛰어내려 단숨에 외양간 앞까지 달음질
쳤습니다.

　그랬더니 웬일인지 돌쇠의 황소는 외양간 속에서 이를 악물

고 괴로워 못 견디겠다는 듯이 미친 것 모양으로 껑충껑충 뜁니다.

가엾게도 황소는 진땀을 잔뜩 흘리고 고개를 내저으며 기진맥진한 모양입니다.

돌쇠는 깜짝 놀라 미친 듯이 날뛰는 황소 고삐를 붙잡고 늘어졌습니다.

그러나 황소는 좀처럼 진정치를 않고 더욱 힘을 내어 괴로운 듯이 날뜁니다.

"대체 이게 웬 영문이야."

할 수 없이 돌쇠는 소의 고삐를 놓고 한숨을 내쉬며 얼빠진 사람같이 그 자리에 우뚝 서고 말았습니다.

"돌쇠 아저씨, 돌쇠 아저씨."

그때입니다. 어디서인지 자기를 부르는 소리를 돌쇠는 확실히 들었습니다. 돌쇠는 그 소리를 듣고 정신이 번쩍 나서 주위를 돌아보았습니다.

그러나 아무도 보이지는 않습니다.

그때 또 어디서인지 나지막한 목소리가 들려왔습니다.

"돌쇠 아저씨, 돌쇠 아저씨."

아무래도 그 소리는 황소 입 속에서 나오는 것 같았습니다. 그래서 돌쇠는 자세히 들으려고 소 입에도 귀를 갖다 대었습니다.

"돌쇠 아저씨, 저예요. 저를 모르세요?"

그때서야 겨우 돌쇠는 그 목소리를 생각해 내었습니다.

"오, 너는 도깨비 새끼로구나. 날이 다 새었는데 왜 남의 소

뱃속에 아직까지도 들어 있니. 약속한 날짜가 지났으니 얼른 나와야 하지 않겠니."

그랬더니 황소의 뱃속에서 도깨비 새끼는 대답했습니다.

"나가야 할 텐데 큰일났습니다. 돌쇠 아저씨 덕택으로 두 달 동안 편히 쉰 건 참 고맙습니다마는, 매일 드러누워 아저씨가 주시는 맛있는 음식을 먹고 있다가 기한*이 됐기에 나가려니까 그 동안에 굉장히 살이 쪘나 봐요.

소 모가지가 좁아서 빠져나갈 수가 없게 됐단 말예요.

억지로 나가려면 나갈 수는 있지만 소가 아픈지 막 뛰고 발광*을 하는구먼요. 야단났습니다."

돌쇠는 그 말을 듣고 기가 탁 막히고 말았습니다.

"그럼, 어떡하면 좋단 말이냐. 그거 참 야단이로구나."

돌쇠는 팔짱을 끼고 생각에 잠기고 말았습니다.

도깨비 새끼에게 황소 뱃속을 빌려준 것을 크게 후회했지만 이제 와서 무슨 소용이 있겠습니까.

무엇보다도 소가 불쌍해서 돌쇠는 그만 눈물이 글썽글썽하고 금방 울음이 터질 것 같았습니다.

그때 또 도깨비 새끼 목소리가 들려나왔습니다.

"아, 돌쇠 아저씨, 좋은 수가 있습니다. 어떻게든지 해서 이 소가 하품을 하도록 해주십시오.

입을 딱 벌리고 하품을 할 때에 제가 얼른 뛰어나갈 텝니다.

그렇지 않으면 한평생 이 뱃속에서 살거나 또는 뱃가죽을 뚫

▶기한 — 미리 정해 놓은 시기.　　　▶발광 — 미친 듯이 날뜀.

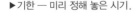

고 나가는 수밖에 없습니다.

　그 대신 하품만 하게 해주시면 이 소의 힘을 지금보다 백 배나 더 세게 해드리겠습니다.”

“옳다, 참 그렇구나. 그럼 내 하품을 하게 할 테니 가만히 기다려라.”

　소가 살아날 수 있다는 생각에 돌쇠는 얼른 이렇게 대답은 했으나 가만히 생각해 보니 일은 딱합니다.

　대체 이렇게 해야 소가 하품을 하는지 도무지 알 수가 없습니다. 그뿐 아니라 소가 하품하는 것을 돌쇠는 지금껏 한번도 본 일이 없습니다.

　그래서 함부로 옆구리를 찔러 보고 콧구멍에다 막대기도 꽂아 보고 간질러도 보고 콧등을 쓰다듬어 보기도 하고…… 별별 꾀를 다 내어 보았으나 소는 하품은커녕 귀찮은 듯이 몸을 피하고 도리질을 하고 한 두어 번 연거푸 재채기를 했을 뿐입니다.

　도무지 하품을 할 기색을 보이지 않습니다.

　그렇다고 이대로 내버려 두었다가는 도깨비 새끼가 뱃속에서 자꾸 자라서 저절로 배가 터지거나 그렇지 않으면 물어뜯기어 아까운 황소가 죽고 말 것입니다.

　땅을 팔아서 산 황소요, 세상에 다시없이 애지중지하는 귀여운 황소가 그 꼴을 당한다면 그게 무슨 짝입니까. 돌쇠는 분하고 슬퍼서 어쩔 줄을 모를 지경입니다.

　생각다 못해서 돌쇠는 옷을 갈아입고 동네로 뛰어 내려왔습니다.

"어떡하면 소가 하품하는지 아시는 분 있으면 제발 좀 가르쳐 주십시오."

동네로 내려온 돌쇠는 만나는 사람마다 붙잡고 이렇게 외치며 물었습니다마는 아는 사람은 없었습니다.

동네에서 제일 나이 많고 무엇이든지 안다는 노인조차 고개를 기울이고 대답을 하지 못했습니다.

그렇게 얼마를 묻고 다니다가 결국 다시 빈손으로 돌쇠는 집으로 돌아오고 말았습니다.

이제는 모든 일이 다 틀렸구나 생각하니 앞이 캄캄하고 기가 탁탁 막힙니다*.

고개를 푹 숙이고 풀이 죽어서 길게 몇 번씩 한숨을 내쉬며 돌쇠는 외양간 앞으로 돌아와서 얼빠진 사람같이 황소의 얼굴을 쳐다보았습니다.

자기를 위해서 몇 해 동안 힘도 많이 쓰고 애도 많이 쓴 귀여운 황소! 며칠 안되어 뱃속에 있는 도깨비 새끼 때문에 뱃가죽이 터져서 죽고 말 귀여운 황소!

그것을 생각하니 사람이 죽는 것보다 지지 않게 불쌍하고 슬프고 원통합니다.

공연히 그놈에게 속아서 황소 뱃속을 빌려주었구나 하고 후회도 하여 보고 또 그렇게 미련한 자기 자신을 스스로 매질도 해보고……

그러나 그것이 이제 와서 무슨 소용입니까.

▶기가 막히다 : 어떤 일에 놀라서 어이가 없을 때 사용하는 말.

얼마 안 있어 돌쇠의 둘도 없는 보배이던 황소는 죽고 말 것이요, 돌쇠 자신은 다시 외롭고 쓸쓸한 몸이 되리라는 그것만이 사실입니다. 참다못해 돌쇠는 눈물을 흘리고 소리내어 울며 간신히 고개를 쳐들고 다시 한 번 황소의 얼굴을 바라보았습니다.

황소도 자기의 신세를 깨달았는지 또는 돌쇠의 마음속을 짐작했는지 무겁고 육중한 몸을 뒤흔들며 역시 슬픈 듯이 돌쇠의 얼굴을 바라보고 있습니다.

얼마 동안 그렇게 꼼짝 않고 돌쇠는 외양간 앞에 꼬부리고 앉아서 황소의 얼굴만 쳐다보고 있었습니다.

밥 먹을 생각도 없었습니다. 배도 고프지 않았습니다.

다만 귀여운 황소와 이별하는 것이 슬펐습니다.

정오 때 가까이 되도록 돌쇠는 이렇게 황소의 얼굴만 쳐다보고 있었습니다.

그랬더니 차차 몸이 피곤해서 눈이 아프고 머리가 혼몽*하고 졸렸습니다. 그래서 그만 저도 모르는 사이에 입을 딱 벌리고 기다랗게 하품을 하고 말았습니다.

그때입니다. 돌쇠가 하품을 하는 것을 본 황소도 따라서 기다란 하품을 하기 시작했습니다.

"옳다, 됐다."

그것을 본 돌쇠가 껑충 뛰어 일어나며 좋아라고 손뼉을 칠 때입니다. 벌린 황소 입으로 살이 통통히 찐 도깨비 새끼가 깡충 뛰어나왔습니다.

▶혼몽 : 정신이 흐릿해 가물가물함.

"돌쇠 아저씨, 참 오랫동안 고맙습니다. 아저씨 덕택에 이렇게 살까지 쪘으니 아저씨 은혜가 참 백골난망*입니다. 그 대신 아저씨 소가 지금보다 백 배나 더 기운이 세게 해드리겠습니다."

도깨비 새끼는 돌쇠 앞에 엎드려 이렇게 말하고 나서 넙죽 절을 하더니 상처가 나은 꼬리를 저으며 두어 번 재주를 넘었습니다.

그리고 나서 어디로인지 없어지고 말았습니다.

그때서야 돌쇠는 겨우 정신을 차렸습니다.

이때껏 일이 꿈인지 정말인지 잠깐 동안은 분간할 수 없었습니다. 그러다가 고개를 들어 홀쭉해진 황소의 배를 바라보고 처음으로 모든 것을 깨닫고 하하하하 큰 소리를 내어 웃었습니다.

그리고 귀여워 죽겠다는 듯이 황소의 등을 쓰다듬었습니다.

죽게 되었던 황소가 다시 살아났을 뿐 아니라 이튿날부터는 이때껏보다 백 배나 힘이 세어져서 세상 사람들을 놀라게 했습니다.

돌쇠는 더욱 부지런해져서 이른 아침부터 백 마력*의 소를 몰며, "도깨비 아니라 귀신이라두 불쌍하거든 살려 주어야 하는 법이야." 이렇게 속으로 중얼거리고 콧노래를 불렀습니다.

▶백골난망 : 백골이 된 후에도 잊을 수 없다는 뜻. 큰 은혜나 덕을 입었을 때 감사의 뜻으로 하는 말.
▶마력 : 사람을 정신 빠지게 하는 이상한 힘.

어떤 산골에 돌쇠라는 나무장수가 있었다.

그는 나이가 삼십이 넘도록 장가도 안 가고, 부모도 일가친척도 없이 혼자 살면서, 먹을 것이 있는 동안은 놀다가 그러다 궁하면 나무를 하여 팔러 나갔다. 그런 그에게 자기 앞으로 되어 있는 논을 팔아 마련한 황소 한 마리가 있었는데, 그것은 그의 자랑이었다.

어느해 겨울, 돌쇠가 읍에서 장작을 팔고 황소와 같이 돌아올 때였다. 별안간 무언가가 나타나서 돌쇠에게 도와달라며 애원하는 것이다. 그것은 산오뚝이라는 도깨비 새끼였다. 사연인즉 친구들과 함께 마을에 내려와 놀다가 개에게 꼬리를 물려 상처를 입게 되었고, 그 때문에 재주도 못 부리게 되었다는 것이다.

그 사연을 들은 돌쇠는 도깨비 새끼에게 어떻게 도와주면 되겠느냐고 묻는다. 도깨비 새끼는 황소 뱃속에 두 달 동안만 있게 해달라고 한다. 대신 황소의 힘이 열 배나 강해지게 해주겠다고 약속한다.

돌쇠가 도깨비 새끼에게 꼭 두 달간이라는 약속을 받고 허락하자, 도깨비 새끼는 껑충 뛰어서 황소 뱃속에 들어갔다. 그 뒤부터 황소는 정말로 힘이 세어져 장작더미를 산더미같이 싣고도 하루에도 세 번씩 장터를 오갔다. 당연히 동네 사람들이나 읍내 사람들은 그저 놀라울 뿐이다.

약속한 두 달이 되던 날, 황소가 외양간 속에서 이를 악물고 괴로워 못 견디겠다는 듯이 껑충껑충 뛰었다. 그것은 황소 뱃속에 들어 있던 도깨비 새끼가 나오려는데, 그만 몸이 불어서 소 목구멍으로 나오기 힘들기 때문이었다. 도깨비 새끼는 황소를 하품만 시키면 그 틈을 이용하여 빠져나갈 수 있을 것이라고 말한다. 돌쇠는 어떻게 하면 황소를 하품시킬 수 있는가를 알아보려 분주히 돌아다녔으나 허사였다. 그러다 피로에 못 이긴 돌쇠가 황소 보는 앞에서 하품을 하는데, 황소도 따라하였다.

바로 그때 도깨비 새끼는 황소 입으로 쏙 빠져나왔다.

도깨비 새끼는 자신에게 도움을 준 돌쇠에게 황소의 힘이 더욱 세지도록 해주겠다고 말한다. 그러자 돌쇠는 '도깨비 아니라 귀신이라두 불쌍하거든 살려주어야 하는 법이야' 하고 중얼거렸다.

재미있게 읽었나요?

자, 이제부터는 생각하는 어린이가 되어 물음에 답해 보세요.

물음

1. 돌쇠가 '도깨비 아니라 귀신이라두 불쌍하거든 살려 주어야 하는 법이야' 하고 중얼거리는 말에서 무엇을 느낄 수 있나요?
2. 이 소설을 보면 도깨비와 황소가 마치 사람처럼 여겨집니다. 이와 같이 사람이 아닌 것을 사람에 빗대어 사람과 같이 행동하게 하는 서술 방법을 무엇이라고 하나요?

답

1. 생명을 소중히 여기는 생각.
2. 의인법.

산

이
효
석

■ 이효석(1907. 2. 23~1942. 5. 25)
소설가이고, 호는 가산입니다. 강원도 평창에서 태어나 경성제국
대학 법문학부를 졸업했고, 평양 숭실전문학교 교수를 지냈습니
다. 1928년 〈도시의 유령〉을 발표하였고, 〈마작철학〉, 〈깨뜨려지
는 홍등〉, 3부작 〈노령근해〉, 〈상륙〉, 〈북극사신〉, 〈돈(豚)〉, 〈수
탉〉, 〈분녀〉 등을 발표하였습니다. 한국현대 단편소설의 대표작인
〈메밀꽃 필 무렵〉은 그의 산문적 서정성이 가장 빼어난 작품입니
다.

■ 읽기 전에
이 작품은 이효석이 《삼천리》(1936. 1~3)에 발표한
작품입니다.
이 소설 속에서 자연과 인간이 동화를 이루는 이상적
인 삶과 자연이 우리에게 주는 진정한 의미는 무엇인지
생각하며 읽어보세요. 또 주인공 중실처럼 가난하지만
마음 편히 사는 삶에 대한 의미를 생각해 보세요.

산

1

　나무하던 손을 쥐고 중실은 발 밑의 깨금나무 포기를 들쳤다. 지천*으로 떨어지는 깨금알이 손 안에 오르르* 들었다. 익을 대로 익은 제철의 열매가 어금니 사이에 오드득 두 쪽으로 갈라졌다.

　돌을 집어던지면 깨금알같이 오드득 깨어질 듯한 맑은 하늘. 물고기 등같이 푸르다. 높게 뜬 조각구름 떼가 해변에 뿌려진 조개껍질같이 유난스럽게도 한편에 옹졸봉졸* 몰려들었다.

　높은 산등이라 하늘이 가까우련만 마을에서 볼 때와 일반으로 멀다. 구만 리일까 십만 리일까. 골짝에서의 생각으로는 산기슭에만 오르면 만져질 듯하던 것이 산허리에 나서면 단번에 구만 리를 내빼는 가을 하늘.

　산속의 아침나절은 졸고 있는 짐승같이 막막은 하나 숨결이 은근하다.

▶지천 : 너무 흔해서 별로 귀할 것이 없음.　▶오르르 : 작은 물건이 무너지거나 쏟아지는 모양.
▶옹졸봉졸 : 귀엽고 엇비슷한 아이들이 많이 있는 모양.

휘엿한 산등은 누워 있는 황소의 등어리*요 바람결도 없는데 쉴새없이 파르르 나부끼는 사시나무 잎새는 산의 숨소리다.

첫눈에 뜨이는 하아얗게 분장한 자작나무는 산속의 일색. 아무리 단장한대야 사람의 살결이 그렇게 흴 수 있을까. 수북 들어선 나무는 마을의 인총*보다도 많고 사람의 성보다도 종자가 흔하다.

고요하게 무럭무럭 걱정 없이 잘들 자란다. 산오리나무·물오리나무·가락나무·참나무·졸참나무·박달나무·사스래나무·떡갈나무·피나무·물가리나무·싸리나무·고로쇠나무. 골짝에는 산사나무·아그배나무·갈매나무·개옻나무·엄나무. 산등에 간간이 섞여 어느 때나 푸르고 향기로운 소나무·

▶등어리 : '등'의 사투리.　　　▶인총 : 사람의 무리.

잣나무 · 전나무 · 향나무 · 노간주나무 — 걱정 없이 무럭무럭
잘들 자라는 — 산속은 고요하나 웅숭한 아름다운 세상이다.
과실같이 싱싱한 기운과 향기. 나무 향기 흙냄새 하늘 향기.
마을에서는 찾아볼 수 없는 향기다.

　낙엽 속에 파묻혀 앉아 깨금을 알뜰히 바수*는 중실은 이제
새삼스럽게 그 향기를 생각하고 나무를 살피고 하늘을 바라보

▶ 바수다 : 두드리어 자디잘게 깨트리다.

는 것이 아니었다. 그런 것은 한데 합쳐서 몸에 함빡 젖어들어 전신을 가지고 모르는 결에 그것을 느낄 뿐이다.

산과 몸이 빈틈없이 한데 어울린 것이다. 눈에는 어느 결엔지 푸른 하늘이 물들었고 피부에는 산냄새가 배었다. 바심*할 때의 짚북데기보다도 부드러운 나뭇잎 — 여러 자 깊이로 쌓이고 쌓인 깨금잎·가랑잎·떡갈잎의 부드러운 보료* — 속에 몸을 파묻고 있으면 몸뚱어리가 마치 땅에서 솟아난 한 포기의 나무와도 같은 느낌이다.

소나무·참나무 총중*의 한 대의 나무다. 두 발은 뿌리요, 두 팔은 가지다. 살을 베이면 피 대신에 나무진이 흐를 듯하다. 잠자코 섰는 나무들의 주고받는 은근한 말을, 나뭇가지의 고갯짓하는 뜻을, 나뭇잎의 수군거리는 속심을, 총중의 한 포기로서 넉넉히 짐작할 수 있다.

해가 쪼일 때에 즐겨 하고, 바람 불 때 농탕치고*, 날 흐릴 때 얼굴을 찡그리는 나무들의 풍속과 비밀을 역력히 번역해 낼 수 있다. 몸은 한 포기의 나무다.

별안간 부드득 솟아오르는 힘을 느끼고 중실은 벌떡 뛰어 일어났다. 쭉 펴는 네 활개에 힘이 뻗쳐 금시에 그대로 하늘에라도 오를 듯 싶다. 넘치는 힘을 보낼 곳 없어 할 수 없이 입을 크게 벌리고 하늘이 울려라 고함을 쳤다.

땅에서 솟는 산 정기의 힘찬 단순한 목소리다. 산이 대답하

▶바심 : 굵은 것을 잘게 만드는 일. 타작.
▶보료 : 솜이나 짐승의 털로 속을 넣고, 천으로 겉을 싸서 바닥에 깔아두는 두툼하게 만든 요.
▶총중 : 한 떼의 가운데.　　　　▶농탕치다 : 남녀가 음탕한 소리와 짓으로 난잡하게 놀아나다.

고 나뭇가지가 고갯짓한다. 또 하나 그 소리에 대답한 것은 맞은편 산허리에서 불시에 푸드득 날아 뜨는 한 자웅*의 꿩이었다. 살진* 까투리*의 꽁지를 물고 나는 장끼*의 오색 날개가 맑은 하늘에 찬란하게 빛난다.

살진 꿩을 보고 중실은 문득 배가 허출함*을 깨달았다. 아래편 골짝 개울 옆에 간직하여 둔 노루고기와 가랑잎에 싸둔 개꿀*이 있음을 생각하고 다시 낫을 집어들었다.

첫 참 때까지에는 한 짐을 채워놓아야 파장되기 전에 읍내에 다다르겠고, 팔아 가지고는 어둡기 전에 다시 산으로 돌아와야 할 것이다. 한참 쉰 뒤라 팔에는 기운이 남았다. 버스럭거리는 나뭇잎 소리가 품 안에 요란하고 맑은 기운이 몸을 한바탕 멱* 감긴 것 같다.

산은 마을보다 몇 곱절 살기 좋은가. 산에 들어오기를 잘했다고 중실은 생각하였다.

2

세상에 머슴살이같이 잇속* 적은 생업은 없다.

싸울래 싸운 것이 아니라 김 영감 편에서 투정을 건 셈이다. 지금 와 보면 처음부터 쫓아낼 의사였던 것이 확실하다.

중실은 머슴 산 지 칠팔 년에 아무것도 쥔 것 없이 맨주먹으로

▶자웅 : 암컷과 수컷.　　　▶살지다 : 살이 많고 튼실하다.　　　▶까투리 : 암 꿩.
▶장끼 : 숫 꿩.　　　▶허출하다 : 허기가 지고 출출하다. 배고프다.
▶개꿀 : 벌통에서 떼낸, 벌집에 들어있는 꿀.　　　▶멱 : 냇물 따위에 몸을 담그고 씻다.
▶잇속 : 이익이 되는 실속.

살던 집을 쫓겨났다. 원통은 하였으나 애통하지는 않았다.

해마다 새경*을 또박또박 받아 본 일 없다. 옷 한 벌 버젓하게 얻어 입은 적 없다.

명절에는 놀이할 돈도 푼푼히* 없이 늘 개보름* 쇠듯하였다.

장가들이고 집 사고 살림을 내 준다던 것도 헛소리였다. 첩을 건드렸다는 생퉁 같은 다짐이었으나 그것은 처음부터 계책한 억지요 졸색의 등글개 따위에는 손대일 염*도 없었던 것이다.

빨래하러 갔던 첩과 동구 밖에서 마주쳐 나뭇짐을 지고 앞서고 뒤서서 돌아왔다고 의심받을 법은 없다.

첩과 수상한 놈팽이는 도리어 다른 곳에 있는 것을 애무한* 중실에게 엉뚱한 분풀이가 돌아온 셈이었다.

가살스런* 첩의 행실을 휘어잡지 못하고 늘그막 판에 속 태우는 영감의 신세가 하기는 가엾기는 하다. 더욱 얼크러질 앞일을 생각하고 중실은 차라리 하직하고 나온 것이었다.

넓은 하늘 밑임에도 갈 곳이 없다. 제일 친한 곳이 늘 나무하러 가던 산이었다. 짚북데기*보다도 부드러운 두툼한 나뭇잎의 맛이 생각났다.

그 넓은 세상은 사람을 배반할 것 같지는 않았다. 빈 지게만

▶새경 : 사경. 한 해 동안 일하여 준 대가로 머슴에게 주는 돈이나 물건.
▶푼푼히 : 모자람이 없이 넉넉하게.
▶개보름 : 남들이 잘 먹고 잘 지내는 날에 제대로 먹지 못하는 신세를 비유한 말.
▶염 : 무엇을 하려고 하는 생각이나 마음.   ▶애무하다 : 애매하다.
▶가살스런 : 성질이 요망하여 까다롭고 얄밉다.   ▶짚북데기 : 볏집 풀 따위의 엉클어진 뭉텅이.

을 걸머지고 산으로 들어갔다. 그 속에서 얼마 동안이나 견딜
수 있을까가 한 시험도 되었다.

박중골에서도 오 리나 들어간 마을과 사람과는 인연이 먼 산
협이다.

산등이 펑퍼짐하고 양지쪽에 해가 잘 쪼이고 골짝에 개울이
흐르고 개울가에 나무 열매가 지천으로 열려 있는 곳이다.

양지쪽에서는 나무하러 왔다 낮잠을 잔 적도 여러 번이었다.

개울가에 불을 피우고 밭에서 뜯어온 옥수수 이삭을 구웠다.
수풀 속에서 찾은 으름과 나뭇가지에 익어 시든 아그배*와 산
사*로 배가 불렀다. 나뭇잎을 모아 그 속에 푹 파고든 잠자리
도 그다지 춥지는 않았다.

이튿날 산을 헤매이다 공교롭게도 쥐엄나무 가지에 야트막하
게 달린 벌집을 찾아냈다. 담배연기를 피워 벌 떼를 어지러뜨
리고 감쪽같이 집을 들어냈다. 속에는 맑은 꿀이 차 있었다.

사람은 살라고 마련인 듯싶다. 꿀은 조금으로도 요기가 되었
다. 개와 함께 여러 날 양식이 되었다.

꿀이 다 떨어지지도 않은 그저께 밤에는 맞은편 심산에 산불
이 보였다. 백일홍같이 새빨간 불꽃이 어둠 속에 가깝게 솟아
올랐다.

낮부터 타기 시작한 것이 밤에 들어가서 겨우 알려진 것이
다.

▶아그배 : 아그배나무의 열매. 배와 비슷하나 아주 작고 맛이 시며 떫음.
▶산사 : 능금나무과의 작은 낙엽 활엽교목. 과실은 산사자라 함.

누에게게 먹히우는 뽕잎같이 아물아물해지는 것 같으나 기실
은 한자리에서 아롱아롱 타는 것이었다.

아귀*의 혀끝같이 널름거리는 불꽃이 세상에도 아름다웠다.

울 밑에 꽃보다도, 비단결보다도 무지개보다도 수탉의 맨드
라미보다도 고웁고 장하다.

중실은 알 수 없이 신이 나서 몽둥이를 들고 산등을 달아 오
르고 골짝을 건너 불붙는 곳으로 끌려 들어갔다.

가깝게 보이던 것과는 딴판으로 꽤 멀었다.

불은 산등에서 산등으로 둘러붙어 골짜기로 타 내려갔다.

화기가 확확 치튀어 가까이 갈 수 없었다. 후끈후
끈 무더웠다.

나무뿌리가 탁탁 튀며 땅이 쩽쩽 울렸다.

민출한* 자작나무는 가지가지에 불이
피어올라 한 포기의 산호수 같은 불나무
로 변하였다. 헛되이 타는 모두가 아까웠다.

중실은 어쩌는 수 없이 몽둥이를 쓸데없이 휘두르며 불 테두
리를 빙빙 돌 뿐이었다. 그 불은 힘에 부치는 것이었다.

확실히 간 보람은 있었다.

그슬려 쓰러진 노루 한 마리를 얻은 것이다. 불 테두리를 뚫
고 나오지 못한 노루는 산골짝에서 뱅뱅 돌다 결국 불벼락을
맞은 것이다. 물론 그것을 얻은 때는 불도 거의 다 탄 새벽녘이

▶아귀 : 악업을 저질러 아귀도에 떨어진 귀신. 몸이 앙상하게 마르고 배가 엄청 큰데, 목구멍이 바
　늘구멍 같아서 음식을 먹을 수 없어, 늘 굶주린다고 함.
▶민출하다 : 모양새가 밋밋하고 훤칠하다.

산 47

었으나 외로운 짐승이 몹시 가여웠다.

그러나 이미 죽은 후의 고기라 중실은 그것을 짊어지고 산으로 돌아갔다.

사람을 살리자는 산의 뜻이라고 비위 좋게 생각하면 그만이다.

여러 날 동안의 흐뭇한 양식이 되었다.

다만 한 가지 그리운 것이 있었다. 짠맛 — 소금이었다.

사람은 그립지 않으나 소금이 그리웠다. 그것을 얻자는 생각으로만 마을이 그리웠다.

3

힘 자라는 데까지 졌다.

이십 리 길을 부지런히 걸으려니 잔등에 땀이 내뱄다. 걸음을 따라 나뭇짐이 휘춘휘춘 앞으로 휘었다.

간신히 파장 전에 대었다.

나무를 판 때의 마음이 이날같이 즐거운 적은 없었다.

물건을 산 때의 마음도 이날같이 즐거운 적은 없었다.

그것은 짜장* 필요한 물건이기 때문이다.

나무 판 돈으로 중실은 감자 말과 좁쌀 되와 소금과 냄비를 샀다.

산속의 호젓한 살림에는 이것으로써 족하리라고 생각되었

▶짜장 : 과연 정말로.

다.

목숨을 이어가는 데 해어*쯤이 없으면 어떨까도 생각되었다.

올 때보다 짐이 단출하여 지게가 가벼웠다.

거리의 살림은 전과 다름없이 어수선하고 지지부레*하였다.

더 나아진 것도 없으려니와 못해진 것도 없다.

술집 골방에서 왁자지껄하고 싸우는 것도 전과 다름없다.

이상스러운 것은 그런 거리의 살림살이가 도무지 마음을 당기지 않는 것이다.

앙상한 사람들의 얼굴이 그다지 그리운 것이 아니었다.

무슨 까닭으로 산이 이렇게도 그리울까.

편벽*된 마음을 의심도 하여 보았다.

그러나 별로 이치도 없었다.

덮어놓고 양지쪽이 좋고, 자작나무가 눈에 들고, 떡갈잎이 마음을 끄는 것이다. 평생 산에서 살도록 태어났는지도 모른다.

김 영감의 그 후 소식은 물어낼 필요도 없었으나 거리에서 만난 박 서방 입에서 우연히 한 구절 얻어듣게 되었다.

등글개첩*은 기어코 병든 김 영감의 눈을 감춰 최 서기와 줄행랑을 놓았다. 종적을 수색 중이나 아직도 오리무중이라 한다. 사랑방에서 고시랑고시랑* 잠을 못 이룰 육십 노인의 꼴이

▶해어 : 바닷 물고기.   ▶지지부레하다 : 보잘것없이 변변하지 않다.
▶편벽 : 한쪽으로만 치우침.   ▶등글개첩 : 등의 가려운 곳을 긁어주는 첩.
▶고시랑고시랑 : 못마땅하여 좀스럽게 군소리를 하는 모양.

측은하게 눈에 떠올랐다.

애무한 머슴을 내쫓았음을 뉘우치리라고도 생각되었다.

그러나 중실에게는 물론 다시 살러 들어갈 뜻도, 노인을 위로하고 싶은 친절도 가지기 싫었다.

다만 거리의 살림이라는 것이 더한층 어수선하게 여겨질 뿐이었다.

산으로 향하는 저녁 길이 한결 개운하다.

4

개울가에 냄비를 걸고 서투른 솜씨로 지은 저녁을 마쳤을 때에는 밤이 저으기 어두웠다.

깊은 하늘에 별이 총총 돌고 초승달이 나뭇가지를 올가미 지웠다.

새들도 깃들이고 바람도 자고 개울물만이 쫄쫄쫄쫄 숨 쉰다. 검은 산등은 잠든 황소다.

등걸불*이 탁탁 튄다. 나뭇잎 타는 냄새가 몸을 휩싸며 구수하다.

불을 쬐며 담배를 피우니 몸이 훈훈하다.

더 바랄 것 없이 마음이 만족스럽다.

한 가지 욕심이 솟아올랐다.

▶등걸불 : 나무 밑둥을 태우는 불. 타다 남은 불.

밥 짓는 일이란 머슴애*의 할 일이 못 된다. 사내자식은 역시 밭갈고 나무하는 것이 옳은 것이다. 장가를 들려면 이웃집 용녀만 한 색시는 없다. 용녀를 집어다 밥 일을 맡길 수밖에는 없다고 생각하였다.

용녀를 생각만 하여도 즐겁다. 궁리가 차례차례로 솔솔 풀렸다.

굵은 나무를 베어다 껍질째 토막을 내어 양지쪽에 쌓아 올려 단간의 조촐한 오두막을 짓겠다.

펑퍼짐한 산허리를 일궈 밭을 만들고 봄부터 감자와 귀리를 갈 작정이다.

오랍뜰*에 우리를 세우고 염소와 돼지와 닭을 칠 터. 산에서 노루를 산 채로 붙들면 우리 속에 같이 기르고 용녀가 집일을 하는 동안에 밭을 가꾸고 나무를 할 것이며, 아이를 낳으면 소같이 산같이 튼튼하게 자라렷다.

용녀가 만약 말을 안 들으면 밤중에 내려가 가만히 업어 올걸. 한번 산에만 들어오면 별수 없지 ─ .

불이 거의거의 이스러지고 물소리가 더한층 맑다.

별들이 어지럽게 깜박거린다.

달이 다른 나뭇가지에 걸렸다.

나머지 등걸불을 발로 비벼 끄니 골짝은 더한층 막막하다.

어느 맘 때인지 산속에서는 때도 분별할 수 없다.

▶머슴애 : 남자아이를 얕잡아 이르는 말.
▶오랍뜰 : 대문이나 중문 안에 있는 뜰. 오래뜰.

자기가 이른지 늦은지도 모르면서 나무 밑 잠자리로 향하였다.

낟가리같이 두두룩하게 쌓인 낙엽 속에 몸을 송두리째 파묻고 얼굴만 빠꼼히 내놓았다.

몸이 차차 푸근하여 온다.

하늘의 별이 와르르 얼굴 위에 쏟아질 듯싶게 가까웠다 멀어졌다 한다.

별 하나 나 하나, 별 둘 나 둘, 별 셋 나 셋 ― .

어느 곁엔지 별을 세이고 있었다.

눈이 아물아물하고 입이 뒤바뀌어 수효가 틀려지면 다시 목소리를 높여 처음부터 고쳐 세이곤 하였다.

별 하나 나 하나, 별 둘 나 둘, 별 셋 나 셋 ― .

세이는 동안에 중실은 제 몸이 스스로 별이 됨을 느꼈다.

머슴살이 한 지 칠, 팔 년 만에 중실은 맨몸으로 김 영감네 집에서 쫓겨난다.

해마다 새경을 또박또박 받아본 적도 없이 충실히 일만 해온 중실이었다.

그런 중실이가 김 영감의 등글개첩을 건드렸다는 것이다. 한 마디로 처음부터 김 영감이 계획한 억지였다.

김 영감네 집에서 쫓겨난 중실은 산속으로 들어간다. 거기서 그는 나무 열매와 산짐승을 먹으며 나뭇잎더미에서 잠을 잔다. 그리고 나무를 하다 시장에 팔아 필요한 물건을 사면 더 이상 바랄 것이 없다. 따지고 보면 세상에 머슴살이같이 잇속 적은 생업도 없다. 칠, 팔 년을 일해도 아무것도 쥔 것 없이 맨주먹으로 쫓겨났지만, 산에서는 아무 부족한 것 없이 속 편히 살 수 있지 않은가 말이다.

나뭇짐을 가득 지고 시장에다 내다 팔고 돌아오는 중실에게 욕심이 있다면 오직 하나다. 용녀에게 장가드는 것이다. 그리하여 둘이서 기거할 조촐한 오두막집을 짓고, 산허리를 일궈 밭을 만들고, 우리를 세워 염소와 돼지와 닭을 치고 그리고 아이를 낳아 튼튼히 잘 기르고 싶다는…….

재미있게 읽었나요?

자, 이제부터는 생각하는 어린이가 되어 물음에 답해 보세요.

물음

1. 이 소설의 주인공 중실처럼 가난하지만 마음 편히 사는 삶을 사자성어로 무엇이라고 부릅니까?

2. 지은이가 이 소설을 통해 드러내고자 하는 것은 결국 무엇일까요?

답

1. 안빈낙도(安貧樂道)

2. 자연과 인간이 서로 조화를 이루는 이상적인 삶에 대한 예찬.

벙어리 삼룡이

나
도
향

■ 나도향(1902. 3. 30~1926. 8. 26)
소설가입니다. 본명은 경손, 도향은 호입니다. 〈물레방아〉, 〈여이
발사〉, 〈뽕〉, 〈꿈〉 등의 작품이 있습니다. 〈벙어리 삼룡이〉는 초기
의 감상적 낭만주의를 극복하고, 인간의 진실한 애정과 인간 구원
의 의미를 보여준 작품입니다.

■ 읽기 전에
이 작품은 나도향이 《여명》(1952. 7)에 발표한 작품입
니다.
이 소설 속에는 신체적 불구인 주인공 삼룡이가 신분차
이를 넘어 새아씨에 대한 순수하고 지고지순한 사랑을
그리고 있습니다.
인간의 진실한 애정과 그것이 주는 인간 구원의 의미를
생각하며 읽어보세요.

벙어리 삼룡이

1

내가 열 살이 될락말락한 때이니까 지금으로부터 십사오 년 전 일이다.

지금은 그곳을 청엽정*이라 부르지만 그때는 연화봉이라고 이름하였다.

즉 남대문에서 바로 내려다보면은 오정포*가 놓여 있는 동네가 역시 연화봉이다.

지금은 그곳에 빈민굴이라고 할 수밖에 없이 지저분한 촌락이 생기고 노동자들밖에 살지 않는 곳이 되어버렸으니 그때에는 자기네 딴은 행세한다*는 사람들이 있었다.

집이라고는 십여 호밖에 있지 않았고 그곳에 사는 사람들은 대개 과목밭*을 하고 또는 채소를 심거나, 그렇지 아니하면 콩나물을 길러서 생활을 하여 갔었다.

▶청엽정 : 청파동의 일본식 표기.
▶오정포 : 일제강점기 때 정오를 알리는 신호. 포를 쏘아 정오를 알렸다. 오포.
▶과목밭 : 과실나무를 심은 밭. 과수원.　　▶행세하다 : 세도를 부리다.

여기에 그중 큰 과목밭을 갖고 그중 여유 있는 생활을 하여가는 사람이 하나 있었는데, 그의 이름은 잊어버렸으나 동네 사람들이 부르기를 오 생원이라고 불렀다.

얼굴이 동탕하고* 목소리가 마치 여름에 버드나무에 앉아서 길게 목 늘여 우는 매미 소리같이 저르렁저르렁하였다.

그는 몹시 부지런한 중년 늙은이로, 아침이면 새벽 일찍이 일어나서 앞뒤로 뒷짐을 지고 돌아다니며 집안일을 보살피는데, 그 동네에서는 그가 마치 시계와 같아서 그가 일어나는 때가 동네 사람이 일어나는 때였다.

만일 그가 아침에 돌아다니며 진소리*를 하지 않으면 동네 사람들이 이상히 여겨 그의 집으로 가 보면 그는 반드시 몸이 불편하여 누워 있었다.

그러나 그와 같은 때는 일 년 삼백육십 일에 한 번 있기가 어려운 일이요, 이태나 삼 년에 한 번 있거나 말거나 하였다.

그가 이곳으로 이사를 온 지는 얼마 되지는 아니하나 그가 언제든지 감투*를 쓰고 다니므로 동네 사람들은 양반이라고 불렀고, 또 그 사람도 동네 사람에게 그리 인심을 잃지 않으려고 섣달이면 북어쾌* 김톳*을 동네 사람에게 나눠주며 농사 때에 쓰는 연장도 넉넉히 장만한 후 아무 때나 동네 사람들이 쓰게 하므로, 그 동네에서는 가장 인심 후하고 존경을 받는 집인 동시에 세력 있는 집이다.

▶동탕하고 : 얼굴이 토실토실하고 잘 생겼다.　　　▶진소리 : '긴소리'의 비표준어.
▶감투 : 옛날에 머리에 쓰던 의관. 탕건.　　▶북어쾌 : 북어 스무 마리를 한 줄에 꿰어 놓은 것.
▶김톳 : 톳은 김을 묶어 세는 단위. 김 100장이 한 톳.

그 집에는 삼룡이라는 벙어리 하인 하나가 있으니 키가 본시 크지 못하여 땅딸보로 되었고 고개가 빼지 못하여 몸뚱이에 대강이*를 갖다가 붙인 거 같다.

거기다가 얼굴이 몹시 얽고* 입이 크다.

머리는 전에 새 꼬랑지 같은 것을 주인의 명령으로 깎기는 깎았으나 불밤송이* 모양으로 언제든지 푸하여* 일어섰다. 그래 걸어 다니는 것을 보면, 마치 옴두꺼비가 서서 다니는 것같이

▶대강이 : 머리.　　　　　　　　　　　▶얽다 : 얼굴에 우묵우묵한 마맛자국이 생기다.
▶불밤송이 : 채 익기 전에 말라 떨어진 밤송이.
▶푸하다 : 속이 꽉 차지 아니하고 불룩하게 부풀어 있다.

숨차 보이고 더디어 보인다.

동네 사람들이 부르기를 삼룡이라고 부르는 법이 없고 언제든지 '벙어리', '벙어리'라고 하든지 그렇지 않으면 '앵모', '앵모' 한다.

그렇지만 삼룡이는 그 소리를 알지 못한다.

그도 이 집주인이 이리로 이사를 올 때에 데리고 왔으니 진실하고 충성스러우며 부지런하고 세차다. 눈치로만 지내 가는 벙어리지마는 듣는 사람보다 슬기로운 적이 있고 평생 조심성이 있어서 결코 실수한 적이 없다.

아침에 일어나면 마당을 쓸고 소와 돼지의 여물을 먹이며 여름이면 밭에 풀을 뽑고 나무를 실어 들이고 장작을 패며, 겨울이면 눈을 쓸고 장 심부름이며 진일 마른일 할 것 없이 못하는 일이 없다.

그럴수록 이 집주인은 벙어리를 위해주며 사랑한다.

혹시 몸이 불편한 기색이 있으면 쉬게 하고, 먹고 싶어하는 듯한 것은 먹이고, 입을 때 입히고 잘 때 재운다.

그런데 이 집에는 삼대독자로 내려오는 그 집 아들이 있다.

나이는 열일곱 살이나 아직 열네 살도 되어 보이지 않고 너무 귀엽게 기르기 때문에 누구에게든지 버릇이 없고 어리광을 부리며 사람에게나 짐승에게 잔인 포악한 짓을 많이 한다.

동네 사람들은,

"후레자식*! 아비 속상하게 할 자식! 저런 자식은 없는 것만

▶후레자식 : 후레아들. 배운데 없이 막되게 자라서 버릇이 없는 놈이라는 말.

못해."

　하고 욕들을 한다. 그래서 그의 어머니는 아들이 잘못할 때
마다 그의 영감을 보고.

　"그 자식을 좀 때려 주구려. 왜 그런 것을 보고 가만두?"

　하고 자기가 대신 때려 주려고 나서면,

▶지각 : 알아서 깨달음.

"아뇨. 아직 철이 없어 그렇지, 저도 지각*이 나면 그렇지 않을 것이 아뇨."

하고 너그럽게 타이른다.

그러면 마누라는 왜가리처럼 소리를 지르며,

"철이 없긴 지금 나이가 몇이오. 낼모레면 스무 살이 되는데, 또 며칠 아니면 장가를 들어서 자식까지 날 것이 그래 가지고 무엇을 한단 말이오."

하고 들이대며,

"자식은 꼭 아버지가 버려 놓았습니다. 자식 귀여운 것만 알았지 버릇 가르칠 줄은 모르니까……."

이렇게 싸움이 시작만 하려 하면 영감은 아무 말도 하지 않고 바깥으로 나가 버린다.

그 아들은 더구나 벙어리를 사람으로 알지도 않는다.

말 못하는 벙어리라고 오고 가며 주먹으로 허구리*를 지르기도* 하고 발길로 엉덩이도 찬다.

그러면 그 벙어리는 어린것이 철없이 그러는 것이 도리어 귀엽기도 하고 또는 그 힘없는 팔과 힘없는 다리로 자신의 무쇠 같은 몸을 건드리는 것이 우습기도 하고 앙증하기도 하여 돌아서서 방그레 웃으면서 툭툭 털고 다른 곳으로 몸을 피해버린다.

어떤 때는 낮잠 자는 벙어리 입에다가 똥을 먹인 때도 있었다. 또 어떤 때는 낮잠 자는 벙어리 두 팔 두 다리를 살며서 동

▶허구리 : 허리.　　▶지르다 : 팔다리나 막대기를 뻗어 물건이나 상대방을 힘껏 건드린다.

여매고 손가락과 발가락 사이에 화승* 불을 붙여 놓아 질겁을
하고 일어나다가 발버둥질을 하고 죽으려는 사람처럼 괴로워
하는 것을 보고 기뻐하였다.

　이러할 때마다 벙어리의 가슴에는 비분한* 마음이 꽉 들어찼
다. 그러나 그는 주인의 아들을 원망하는 것보다도 자기가 병
신인 것을 원망했으며 주인의 아들을 저주한다는 것보다 이 세
상을 저주하였다.

▶화승 : 불을 붙이는 데 쓰는 노끈.　　　▶비분하다 : 슬프고 분하다.

그러나 그는 결코 눈물을 흘리지 않았다.

그의 눈물은 나오려 할 때 아주 말라붙어 버린 샘물과 같이 나오려 하나 나오지를 아니하였다.

그는 주인의 집을 버릴 줄 모르는 개 모양으로 자기가 있어야 할 곳은 여기밖에 없고 자기가 믿을 것도 여기 있는 사람들밖에 없을 줄 알았다.

여기서 살다가 여기서 죽는 것이 자기의 운명인 줄밖에 알지 못하였다.

자기의 주인 아들이 때리고 지르고 꼬집어 뜯고 모든 방법으로 학대할지라도 그것이 자기에게 으레 있을 줄밖에 알지 못하였다.

아픈 것도 그 아픈 것이 으레 자기에게 돌아올 것이요, 쓰린 것도 자기가 받지 않아서는 안될 것으로 알았다.

그는 이 마땅히 자기가 받아야 할 것을 어떻게 해야 면할까 하는 생각을 한 번도 하여 본 일이 없었다.

그가 이 집에서 떠나가려거나 또는 그의 생활 환경에서 벗어나려는 생각은 한 번도 해보지 못하였다 할지라도 그는 언제든지 그 주인 아들이 자기를 학대하고 또는 자기를 못살게 굴 때 그는 자기의 주먹과 또는 자기의 힘을 생각하여 보았다.

주인 아들이 자기를 때릴 때 그는 주인 아들 하나쯤은 넉넉히 제지할 힘이 있는 것을 알았다.

어떠한 때는 아픔과 쓰림이 자기의 몸으로 스미어 들 때면 그의 주먹은 떨리면서 어린 주인의 몸을 치려 하다가는 그가 그

것을 무서운 고통과 함께 꽉 참았다.

그는 속으로

'아니다, 그는 나의 주인의 아들이다.

그는 나의 어린 주인이다.'

하고 꾹 참았다.

그러고는 그것을 얼핏 잊어버리었다. 그러다가도 동넷집 아이들과 혹시 장난을 하다가 주인 아들이 울고 들어올 때에는 그는 황소같이 날뛰면서 주인을 위하여 싸웠다.

그래서 동네에서도 어린애들이나 장난꾼들이 벙어리를 무서워하여 감히 덤비지를 못하였다,

그리고 주인 아들도 위급한 경우에는 언제든지 벙어리를 찾았다.

벙어리는 얻어맞으면서도 기어드는 충견 모양으로 주인의 아들을 위하여 싫어하지 않고 힘을 다하였다.

2

벙어리가 스물세 살이 될 때까지 그는 물론 이성과 접촉할 기회가 없었다.

동네 처녀들이 저를 '벙어리', '벙어리' 하며 괴상한 손짓과 몸짓으로 놀려 먹음을 받을 적에 분하고 골나는 중에도 느긋한 즐거움을 느끼어 본 일은 있었으나 그가 결코 사랑으로써 어떠한 여자를 대해 본 일은 없었다.

그러나 정욕을 가진 사람인 벙어리도 그의 피가 차디찰 리는 없었다.

혹 그의 피는 더욱 뜨거웠을는지도 알 수 없었다.

만일 그에게 볕을 주거나 다시 뜨거운 열을 준다면 그의 피는 다시 녹을는지도 알 수 없었다.

그가 깜박깜박하는 기름등잔 아래에서 밤이 깊도록 짚세기*

를 삼을 때면 남모르는 한숨을 아니 쉬는 것도 아니지마는 그는 그것을 곧 억제할 수 있을 만치 정욕에 대하여 벌써부터 단념을 하고 있었다.

　마치 언제 폭발이 될는지 알지 못하는 휴화산 모양으로 그의 가슴속에는 충분한 정열을 깊이 감추어 놓았으나 그것이 아직 폭발될 시기가 이르지 못한 것이었다.

　비록 폭발이 되려고 무섭게 격동함을 벙어리 자신도 느끼지 않는 바는 아니지마는 그는 그것을 폭발시킬 조건을 얻기 어려웠으며 또는 자기가 여태까지 능동적으로 그것을 나타낼 수가 없을 만치 외계의 압축을 받았으며, 그것으로 인한 이지*가 너무 그에게 자제력을 강대하게 하여 주는 동시에 또한 너무 그것을 단념만 하게 하여주었다.

　속으로, 나는 '벙어리'다.

　자기가 생각할 때 그는 몹시 원통함을 느끼는 동시에 나는 말하는 사람들과 똑같은 자유와 똑같은 권리가 없는 줄 알았다.

　그는 이와 같은 생각에서 언제든지 단념 않으려야 단념하지 않을 수 없는 그 단념이 쌓이고 쌓이어 지금에는 다만 한 개의 기계와 같이 이 집에 노예가 되어 있으면서도 그것을 자기의 천직*으로 알고 있을 뿐이요, 다시는 자기가 살아갈 세상이 없는 것같이밖에 알지 못하게 된 것이다.

▶짚세기 : 짚신.　　　　　　　▶이지 : 이성과 지혜를 이르는 말.
▶천직 : 타고난 직업.

3

그해 가을이다.

주인의 아들이 장가를 들었다.

색시는 신랑보다 두 살 위인 열아홉 살이다.

주인이 본시 자기가 언제든지 문벌*이 얕은 것을 한탄하여 신부를 구할 때에 첫째 조건이 문벌이 높아야 할 것이었다.

그러나 문벌이 있는 집에서는 그리 쉽게 색시를 내놓을 리가 없었다.

그러므로 하는 수 없이 그 어떠한 영락*한 양반의 딸을 돈을 주고 사오다시피 하였으니, 무남독녀 딸을 둔 남촌 어떤 과부를 꿀을 발라서 약혼을 하고 혹시나 무슨 딴소리가 있을까 하여 부랴부랴 성례식을 시켜 버렸다.

혼인할 때의 비용도 그때 돈으로 삼만 냥을 썼다.

그리고 아들의 처갓집에 며느리 뒤 보아주는 바느질삯, 빨래 삯이라는 명목으로 한 달에 이천오백 냥씩을 대어주었다.

신부는 자기 아버지가 돌아가기 전까지만 해도 상당히 견디기도 하고 또는 금지옥엽*같이 기른 터라, 구식 가정에서 배울 것 읽힐 것은 못하는 것이 없고 게다가 또는 인물이라든지 행동거지에 조금도 구김이 있지 아니하다.

신부가 오자 신랑의 흠절*이 생기기 시작하였다.

▶문벌 : 대대로 내려오는 그 집안의 사회적 신분이나 지위. 가문.
▶영락 : 세력이나 살림이 줄어들어 보잘것없이 됨. ▶금지옥엽 : 귀한 자손.
▶흠절 : 부족하거나 잘못된 점.

"신부에게다 대면 두루미와 까마귀지."

"아직도 철딱서니가 없지."

"색시에게 쥐여 지내겠지."

"신랑에겐 과하지."

동넷집 말 좋아하는 여편네들이 모여 앉으면 이렇게 비평들을 한다. 어떠한 남의 걱정 잘하는 마누라님은 간혹 신랑을 보고는 그대로 세워놓고,

"글쎄, 인제는 어른이 되었으니 셈이 좀 나요, 저러구 어떻게 색시를 거느려가누. 색시 방에 들어가기가 부끄럽지 않담."

하고 들이대다시피 하는 일이 있다.

이럴 적마다 신랑의 마음은 그 말하는 이들이 미웠다.

일부러 자기를 부끄럽게 하려고 하는 것 같아서 그 후에 그를 만나면 말도 안 하고 인사도 하지 아니한다.

또 그의 고모 되는 이가 와서 자기 조카를 보고,

"인제는 어른이야. 너도 그만하면 지각이 날 때가 되지 않았니. 네 처가 부끄럽지 아니하냐."

하고 타이를 적마다 그의 마음은 그 말하는 사람이 부끄럽다는 것보다도 자기를 이렇게 하게 한 자기 아내가 더욱 밉살머리스러웠다.

"여편네가 다 무엇이냐? 저 빌어먹을 년이 들어오더니 나를 이렇게 못살게들 굴지."

혼인한 지 며칠이 못 되어 그는 색시 방에 들어가지를 않았다.

집안에서는 야단이 났다.

마치 돼지나 말 새끼를 혼례시키려는 것 같이 신랑을 색시 방으로 집어넣으려 하나 막무가내였다.

그럴 때마다 신랑은 손에 닥치는 대로 집어 때려서 자기의 외사촌 누이의 이마를 뚫어서 피까지 나게 한 일이 있었다.

집안 식구들은 하는 수가 없어 맨 나중으로 아버지에게 밀었다. 그러나 그것도 소용이 없을뿐더러 풍파*를 더 일으키게 하였다.

아버지께 꾸중을 듣고 들어와서는 다짜고짜로 신부의 머리채를 쥐어잡아 마루 한복판에 태질*을 쳤다.

그러고는,

"이년, 네 집으로 가거라. 보기 싫다. 내 눈앞에는 보이지도 마라."

하였다. 밥상을 가져오면 그 밥상이 마당 한복판에서 재주를 넘고 옷을 가져오면 그 옷이 쓰레기통으로 나간다.

이리하여 색시는 시집오던 날부터 팔자* 한탄을 하고서 날마다 밤마다 우는 사람이 되었다.

울면 요사스럽다고 때린다. 또 말이 없으면 빙충맞다*고 친다.

이리하여 그 집에는 평화스러운 날이 하루도 없었다.

이것을 날마다 보는 사람 가운데 알 수 없는 의혹을 품게 된 사람이 하나 있으니 그는 곧 벙어리 삼룡이었다.

▶풍파 : 심한 분쟁이나 분란.　　　　　▶태질 : 세게 메어치거나 내던지는 짓.
▶팔자 : 사람의 한평생의 운수. 운명.
▶빙충맞다 : 똑똑하지 못하고 어리석으며 수줍음을 탄다.

그렇게 예쁘고 유순하고 그렇게 얌전한, 벙어리의 눈으로 보아서는 감히 손도 대지 못할 만치 선녀 같은 색시를 때리는 것은 자기의 생각으로는 도저히 풀 수 없는 의심이었다.

보기에는 황홀하고 건드리기도 황홀할 만치 숭고한 여자를 그렇게 하대한다*는 것은 너무나 세상에 있지 못할 일이다.

자기는 주인 새서방에게 개나 돼지같이 얻어맞는 것이 마땅한 이상으로 마땅하지마는 선녀와 짐승의 차가 있는 색시와 자기가 똑같이 얻어맞는 것은 너무 무서운 일이다.

어린 주인이 천벌이나 받지 않을까 두렵기까지 하였다.

어떠한 달밤, 사면은 고요적막하고 별들은 드문드문 눈들만 깜박이며 반달이 공중에 뚜렷이 달려 있어 수은으로 세상을 깨끗하게 닦아 낸 듯이 청명한데 삼룡이는 검둥개 등을 쓰다듬으며 바깥 마당 멍석 위에 비슷이 드러누워 하늘을 쳐다보며 생각하여 보았다.

주인 색시를 생각하면 공중에 있는 달보다도 더 곱고 별들보다도 더 깨끗하였다.

주인 색시를 생각하면 달이 보이고 별이 보이었다.

삼라만상을 씻어 내는 은빛보다도 더 흰 달이나 별의 광채보다도 그의 마음이 아름답고 부드러운 듯하였다.

마치 달이나 별이 땅에 떨어져 주인 새아씨가 된 것도 같고 주인 새아씨가 하늘에 올라가면 달이 되고 별이 될 것 같았다.

더구나 자기를 어린 주인이 때리고 꼬집을 때 감히 입 벌려

▶하대하다 : 상대편을 낮게 대우하다.

말은 하지 못하나 측은하고 불쌍히 여기는 정이 그의 두 눈에
나타나는 것을 다시 생각할 때 그는 부들부들한 개 등을 어루
만지면서 감격을 느끼었다.

개는 꼬리를 치며 자기를 귀여워하는 줄 알고 벙어리의 손을
핥았다.

삼룡이의 마음은 주인아씨를 동정하는 마음으로 가득 찼다.

또는 그를 위하여서는 자기의 목숨이라도 아끼지 않겠다는 의분에 넘치었다.

그것이 마치 살구를 보면 입 속에 침이 도는 것 같이 본능적으로 느끼어지는 감정이었다.

4

새댁이 온 뒤에 다른 사람들은 자유로운 안 출입을 금하였으나 벙어리는 마치 개가 맘대로 안에 출입할 수 있는 것 같이 아무 의심 없이 출입할 수가 있었다.

하루는 어린 주인이 먹지 않던 술이 잔뜩 취하여 무지한 놈에게 맞아서 길에 자빠진 것을 업어다가 안으로 들여다 누인 일이 있었다.

그때에 아무도 안에 있지 않고 다만 새색시 혼자 방에서 바느질을 하고 있다가 이 꼴을 보고 벙어리의 충성된 마음이 고마워서 그 후에 쓰던 비단 헝겊 조각으로 부시쌈지* 하나를 만들어 준 일이 있었다.

이것이 새서방님의 눈에 띄었다.

그래서 색시는 어떤 날 밤 자던 몸으로 마당 복판에 머리를 푼 채 내동댕이쳐졌다.

그리고 온몸에 피가 맺히도록 얻어맞았다.

이것을 본 벙어리는 또다시 의분의 마음이 뻗쳐 올라왔다.

▶부시쌈지 : 부싯돌을 쳐서 불이 일어나게 하는 쇳조각 주머니.

　그래서 미친 사자와 같이 뛰어 들어가 새서방님을 내어던지고 새색시를 둘러메었다.

　그리고 나는 수리와 같이 바깥사랑 주인 영감 있는 곳으로 뛰어가 그 앞에 내려놓고 손짓과 몸짓을 열 번 스무 번 거푸* 하며 하소연하였다.

　그 이튿날 아침에 그의 주인 새서방님에게 물푸레로 얼굴을

▶거푸 : 잇달아 거듭.

몹시 얻어맞아서 한쪽 뺨이 눈을 얼러서 피가 나고 주먹같이 부었다.

그 때릴 적에 새서방의 입에서 나오는 말은,

"이 흉측한 벙어리 같으니, 내 여편네를 건드려!"

하고 부시쌈지를 빼앗아 갈가리 찢어서 뒷간에 던졌다.

"그리고 이놈아! 인제는 주인도 몰라보고 막 친다! 이런 것은 죽여야 해."

하고 채찍으로 그의 뒷덜미를 갈겨서 그 자리에 쓰러지게 하였다.

벙어리는 다만 두 손으로 빌 뿐이었다. 말도 못하고 고개를 몇백 번 코가 땅에 닿도록 그저 용서해 달라고 빌기만 하였다.

그러나 그의 가슴에는 비로소 숨겨 있던 정의감이 머리를 들기 시작했다.

그는 아픈 것을 참아가면서 북받치는 분노를 억제하였다.

그때부터 벙어리는 안방에 들어가지 못하였다.

이 들어가지 못하는 것이 더욱 벙어리로 하여금 궁금증이 나게 하였다. 그 궁금증이라는 것이 묘하게 빛이 변하여 주인아씨를 뵈옵고 싶은 심정으로 변하였다. 뵈옵지 못하므로 가슴이 타올랐다.

몹시 애상*의 정서가 그의 가슴을 저리게 하였다.

한 번이라도 아씨를 뵈올 수가 있으면 하는 마음이 나더니 그의 마음의 넋은 느끼기를 시작하였다.

▶애상 : 슬퍼하고 가슴 아파함.

'센티멘털*'한 가운데에서 느끼는 그 무슨 정서는 그에게 생명 같은 희열을 주었다.

그것과 자기의 목숨이라도 바꿀 수 있을 것 같았다.

어떤 때는 그대로 대강이로 담을 뚫고 들어가고 싶도록 주인 아씨를 뵈옵고 싶은 것을 꼭 참을 때도 있었다.

그 후부터는 밥을 잘 먹을 수가 없었다. 일도 손에 잡히지 않았다. 틈만 있으면 안으로만 들어가고 싶었다.

주인이 전보다 많은 밥과 음식을 주고 더 편하게 하여 주었으나 그것이 싫었다.

그는 밤에 잠을 자지 않고 집 가장자리를 돌아다녔다.

5

하루는 주인 새서방님이 술에 취하여 들어오더니 집 안이 수선수선하여*지며 계집 하인이 약을 사러 갔다 들어오는 것을 보고 그 계집 하인을 붙잡았다. 그리고 무엇이냐고 물었다.

계집 하인은 한 주먹을 뒤통수에 대고 얼굴을 젊다고 하는 뜻으로 쓰다듬으며 둘째 손가락을 내밀었다.

그것은 그 집 주인은 엄지 손가락이요, 둘째 손가락은 새서방님이라는 뜻이요, 주먹을 뒤통수에 대는 것은 여편네라는 뜻

▶센티멘털 : 감상적.
▶수선수선하다 : 정신이 어지러울 정도로 매우 시끄럽고 떠들썩하다. 소란스럽다.

이요, 얼굴을 문지르는 것은 예쁘다는 뜻으로 벙어리에게 쓰는 암호다.

그런 뒤에 다시 혀를 내밀고 눈을 뒤집어쓰는 형상을 하고 두 팔을 싹 벌리고 뒤로 자빠지는 꼴을 보이니, 그것은 사람이 죽게 되었거나 앓을 적에 하는 말 대신의 손짓이다,

벙어리는 눈을 크게 뜨고 계집 하인에게 한 발자국 가까이 들어서며 놀라는 듯이 멀거니 한참이나 있었다.

그의 가슴은 무섭게 격동하였다.

자기의 그리운 주인아씨가 죽었다는 말이 아닌가, 그는 두 주먹을 마주치며 한숨을 쉬었다.

그러고는 자기 방에 무엇을 생각하는 것처럼 두어 시간이나 두 눈만 껌벅껌벅하고 앉았었다.

그는 밤이 깊어질수록 궁금증 나는 사람처럼 일어섰다 앉았다 하더니 두 시나 되어서 바깥으로 나가서 뒤로 돌아갔다.

그는 도둑놈처럼 조심스럽게 바로 건넌방 뒤 미닫이 앞 담에 서서 주저주저하더니 담을 넘었다.

가까이 창 앞에 서서 문틈으로 안을 살피다가 그는 진저리를 치며 물러섰다.

어두운 밤에 그의 손과 발이 마치 그 뒤에 서 있는 감나무 잎 같이 떨리더니 그대로 문을 박차고 뛰어 들어갔을 때 그의 팔에는 주인아씨가 한 손에 기다란 명주 수건을 들고서 한 팔로 벙어리의 가슴을 밀치며 뻗디디었다.

벙어리는 다만 눈이 뚱그래서 '에헤' 소리만 지르고 그 수건을

뺏으려 애쓸 뿐이다.

집안이 야단났다.

"집안이 망했군!"

"어디 사내가 없어서 벙어리를!"

"어떻든 알 수 없는 일이야!"

하는 소리가 이 구석 저 구석에서 수군댄다.

6

그 이튿날 아침에 벙어리는 온몸이 짓이긴 것이 되어 마당에 거꾸러져 입에서 피를 토하여 신음하고 있었다.

그 곁에서 새서방이 쇠줄 몽둥이를 들고서 문초를 한다.

"이놈!"

하고는 음란한 흉내는 모조리 하여 가며 건넌방을 가리킨다.

그러나 벙어리는 손을 내저을 뿐이다.

또 몽둥이에는 살점이 묻어나왔다. 그리고 피가 흘렀다.

벙어리는 타들어 가는 목으로 소리도 못 내며 고개만 내젓는다. 그는 피를 토하며 거꾸러지며 이마를 땅에 비비며 고개를 내흔든다. 땅에는 피가 스며든다.

새서방은 채찍 끝에 납 뭉치를 달아서 가슴을 훔쳐 갈겼다가 힘껏 잡아 뽑았다. 벙어리는 그대로 거꾸러지며 말이 없었다.

새서방은 그래도 시원치 못하였다.

그는 어제 벙어리가 새로 갈아 놓은 낫을 들고 달려왔다.

　그는 그 시퍼렇게 날선 낫을 번쩍 들었다.

　그래서 벙어리를 찌르려 할 때 벙어리는 한 팔로 그것을 받았
고, 집안사람은 달려들었다.

　벙어리는 낫을 뿌리쳐 저리로 내던졌다.

주인은 집안이 망하였다고 사랑에 누워서 모든 일을 들은 체 만 체 문을 닫고 나오지를 아니하며, 집안에서는 색시를 쫓는 다고 야단이다.

그날 저녁에 벙어리는 다시 끌려 나왔다. 그때에는 주인 새 서방이 그의 입던 옷과 신짝을 주며 눈을 부릅뜨고 손을 멀리 가리키며,

"가! 인제는 우리 집에 있지 못한다."

하였다. 이 소리를 들은 벙어리는 기가 막혔다.

그에게는 이 집 외에 다른 집이 없다. 살 곳이 없었다.

자기는 언제든지 이 집에서 살고 이 집에서 죽을 줄밖에 몰랐 다. 그는 새서방님의 다리를 껴안고 애걸하였다.

말도 못하는 것을 몸짓과 표정으로 간곡한 뜻을 표하였다.

그러나 새서방님은 발길로 지르고 사람을 불렀다.

"이놈을 좀 내쫓아라."

벙어리는 죽은 개 모양으로 끌려나갔다.

그리고 대갈빼기가 개천 구석에 들이박히면서 나가 곤드라졌 다가 일어서서 다시 들어오려 할 때에는 벌써 문이 닫혀 있었다.

그는 문을 두드렸다.

그의 마음으로는 주인 영감을 찾았으나 부를 수가 없었다.

그가 날마다 열고 날마다 닫던 문이 자기가 지금은 열려 하나 자기를 내어 쫓고 열리지 않는다.

자기가 건사하고 자기가 거두던 모든 것이 오늘에는 자기의 말을 듣지 않는다. 어려서부터 지금까지 모든 정성과 힘과 뜻

을 다하여 충성스럽게 일한 값이 오늘에는 이것이다.

그는 비로소 믿고 바라던 모든 것이 자기의 원수란 것을 알았다. 그는 그 모든 것을 없애 버리고 자기도 또한 없어지는 것이 나은 것을 알았다.

그날 저녁 밤은 깊었는데 멀리서 닭이 우는 소리와 함께 개 짖는 소리만이 들린다.

난데없는 화염이 벙어리 있던 오 생원 집을 에워쌌다.

그 불을 미리 놓으려고 준비하여 놓았는지 집 가장자리 쪽 돌아가며 흩어놓은 풀에 모조리 돌라붙어* 공중에서 내려다보면은 집의 윤곽이 선명하게 보일 듯이 타오른다.

불은 마치 피묻은 살을 맛있게 잘라먹은 요마*의 혓바닥처럼 날름날름 집 한 채를 삽시간에 먹어 버리었다.

이와 같은 화염 속으로 뛰어 들어가는 사람이 하나 있으니 그는 다른 사람이 아니라 낮에 이 집에서 쫓겨난 삼룡이다.

그는 먼저 사랑에 가서 문을 깨뜨리고 주인을 업어다가 밭 가운데 놓고 다시 들어가려 할 제 그의 얼굴과 등과 다리가 불에 데어 쭈그러져 드는 것을 알지 못하였다.

그는 건넌방으로 뛰어들었다.

그러나 색시는 없었다.

다시 안방으로 뛰어들었다.

그러나 또 없고 새서방이 그의 팔에 매달리어 구원하기를 애원하였다. 그러나 그는 그것을 뿌리쳤다.

▶돌라붙다 : 둘레나 가장자리를 따라가며 붙다.　　▶요마 : 요망하고 간사한 마귀.

다시 서까래에 불이 시뻘겋게 타면서 그의 머리에 떨어졌다. 그러나 그는 그것을 몰랐다.

부엌으로 가보았다. 거기서 나오다가 문설주*가 떨어지며 왼팔이 부러졌다. 그러나 그것도 몰랐다.

그는 다시 광으로 가보았다. 거기도 없었다.

그는 다시 건넌방으로 들어갔다. 그때야 그는 색시가 타 죽으려고 이불을 쓰고 누워 있는 것을 보았다.

그는 색시를 안았다. 그러고는 길을 찾았다. 그러나 나갈 곳이 없었다. 그는 하는 수 없이 지붕으로 올라갔다.

그는 비로소 자기의 몸이 자유롭지 못한 것을 알았다. 그러나 그는 자기가 여태까지 맛보지 못한 즐거운 쾌감을 자기의 가슴에 느끼는 것을 알았다.

색시를 자기 가슴에 안았을 때 그는 이제 처음으로 살아난 듯하였다. 그는 자기의 목숨이 다한 줄 알았을 때, 그 색시를 내려놓을 때는 그는 벌써 목숨이 끊어진 뒤였다. 집은 모조리 타고 벙어리는 색시를 무릎에 뉘고 있었다.

그의 울분은 그 불과 함께 사라졌을는지! 평화롭고 행복한 웃음이 그의 입 가장자리에 엷게 나타났을 뿐이다.

▶문설주 : 문짝을 끼워 달기 위하여 문의 양쪽에 세운 기둥.

벙어리 삼룡이 87

줄거리

　연화봉 마을에 오 생원이라는 중년 늙은이가 살고 있었다. 그는 매사에 부지런할 뿐 아니라 인심도 후해 마을사람들에게 존경을 받았다. 오생원에게는 너무도 오냐오냐 하며 키운 탓인지 버릇없는 삼대독자가 하나 있었다. 그 아들 때문에 오 생원이 나중에 고생하게 될 것이라고 마을사람들은 혀를 찼다. 벙어리 삼룡이는 바로 오 생원의 집에 기거하는 머슴이었다. 그는 진실하고 충성스러우며 부지런하고 세차다. 그는 오 생원의 아들이 자신에게 아무리 못되게 굴어도 너그럽게 이해해 주었다. 행여오 생원의 아들이 맞고 들어오기라도 하면 바로 황소같이 날뛰며 아들을위해 싸우기까지 하였다.

　그렇게 몇 해가 지난 어느 날, 오 생원 아들은 어여쁜 새아씨를 맞아 결혼하게 된다. 그 새아씨를 오 생원은 영락한 양반의 딸을 돈을 주고 사오다시피 하였다.

　그러나 아들은 새아씨를 밉게 보고 사소한 것까지 꼬투리를 잡아 항상구박한다. 모든 걸 곁에서 지켜보고 있는 삼룡은 새아씨에 대한 안타까움을 연모의 정으로 키워간다.

　그러던 어느 날, 삼룡은 새아씨가 병에 걸렸다는 말을 듣는다. 새아씨에 대한 걱정 때문에 안절부절못하던 삼룡이는 새아씨 방에 들어갔다가아들에게 들켜 매를 맞고 집에서 쫓겨난다. 삼룡이 쫓겨나던 날 저녁, 오생원 집에는 원인 모를 불이 일어난다. 삼룡이는 그 불구덩이 속에 뛰어들어가 주인과 새아씨를 구해내지만, 자기는 죽음을 맞는다.

생각해 봅시다

재미있게 읽었나요?

자, 이제부터는 생각하는 어린이가 되어 물음에 답해 보세요.

물음

1. 이 소설의 구성은 프랑스의 작가 빅토르 위고의 어떤 작품을 생각나게 합니다. 그 작품은 무엇일까요?

2. 새아씨에 대한 삼룡이의 사랑은 여러 문제점을 가질 수밖에 없습니다. 그중 대표적 문제점 두 가지는 무엇일까요? 또 그 문제점은 언제 사라지나요?

답

1. 노틀담의 곱추

2. 문제점 — 신분 차이. 신체 불구.

　새아씨의 목숨을 구하고 자신은 죽어갈 때.

붉은 산

김동인

■ 김동인(1900. 10. 2~1951. 1. 15)
소설가이고, 호는 금동입니다. 자연주의 계열의 단편소설 〈감자〉,
〈배따라기〉, 〈김연실전〉, 〈발가락이 닮았다〉 등과 민족주의 계열에
속하는 〈붉은 산〉 등이 있습니다. 〈감자〉는 우리 나라 초기의 자연
주의 소설의 대표작이라고 평가받는 작품입니다.

■ 읽기 전에
이 작품은 김동인이 《삼천리》(1932. 4)에 발표한 작품
입니다.
〈붉은 산〉은 중학교 국어 교과서에는 〈조국〉이라는 제
목으로 실렸습니다. 이 소설 속에서 일제 침략에 수탈
당한 우리 조국을 상징한 '붉은 산'과 우리 민족을 상징
하는 '흰 옷'의 표현을 관찰하고 주인공 정익호가 죽어
가며 마을 사람들과 함께 애국가를 부르며 일체감을 느
끼는 의미는 무엇인지 생각하며 읽어보세요.

붉은 산

-어느 의사의 수기-

그것은 여*가 만주를 여행할 때 일이었다.

만주의 풍속도 살필 겸 아직껏 문명의 세례를 받지 못한 그들의 새에 퍼져 있는 병을 조사할 겸 해서 일 년의 기한을 예산하여 가지고 만주를 시시콜콜히 다 돌아온 적이 있었다.

그때에 ××촌이라 하는 조그만 촌에서 본 일을 여기에 적고자 한다.

××촌은 조선 사람 소작인*만 사는 한 이십여 호 되는 작은 촌이었다. 사면을 둘러보아도 한 개의 산도 볼 수가 없는 광막한* 만주의 벌판 가운데 놓여 있는, 이름도 없는 작은 촌이었다.

몽고 사람 종자*를 하나 데리고 노새를 타고 만주의 촌촌을 돌아다니던 여가 그 ××촌에 이른 때는 가을도 다 가고 어느

▶여 : 余. 나라는 뜻의 한자어.　　▶소작인 : 남의 땅을 빌려 농사 짓는 사람.
▶광막하다 : 아득하게 넓다.　　　▶종자 : 남에게 속하여 따라다니는 사람.

덧 광포한* 북극의 겨울이 만주를 찾아온 때였다.

만주의 어느 곳이나 조선 사람이 없는 곳은 없지만 이러한 오지*에서 한 동리가 죄 조선 사람뿐으로 되어 있는 곳을 만나니 반가웠다.

더구나 그 동리는 비록 모두가 중국인의 소작인이라 하나, 사람들이 비교적 온량하고 정직하며, 장성한 이들은 그래도 모두 천자문 한 권쯤은 읽은 사람들이었다.

살풍경*한 만주, 그 가운데서 살풍경한 살림을 하는 중국인이며 조선 사람의 동리를 근 일 년이나 돌아다니다가 비교적 평화스런 이런 동리를 만나면 그것이 비록 외국인의 동리라 하여도 반갑겠거든, 하물며 우리 같은 동족의 동리임에랴.

여는 그 동리에서 한 십여 일 이상을 일없이 매일 호별* 방문을 하며 그들과 이야기로 날을 보내며 오래간만에 맛보는 평화적 기분을 향락하고 있었다.

'삵'이라는 별명을 가지고 있는 '정익호'라는 인물을 본 것이 여기서이다.

익호라는 인물의 고향이 어디인지는 ××촌에서 아무도 아는 사람이 없었다. 사투리로 보아서 경기 사투리인 듯하지만 빠른 말로 죄죄거리는* 때에는 영남* 사투리가 보일 때도 있고 싸움이라도 할 때에는 서북* 사투리가 보일 때도 있었다. 그런지라

▶광포하다 : 미쳐 날뛰듯이 매우 거칠고 사납다.
▶오지 : 해안이나 도시에서 멀리 떨어진 대륙의 내부의 깊숙한 땅.
▶살풍경 : 매몰차고 흥취가 없음.　　　　　▶호별 : 집집마다.
▶죄죄거리다 : 빠르게 자꾸 지껄이다.　　　▶영남 : 경상 남북도를 이르는 말.
▶서북 : 평안 남북도를 이르는 말.

사투리로써 그의 고향을 짐작할 수가 없었다.

  쉬운 일본 말도 알고 한문 글자도 좀 알고 중국 말은 꽤 하고 쉬운 러시아 말도 할 줄 아는 점 등 이곳저곳 숱하게 주워 먹은 것은 짐작이 가지만 그의 경력을 똑똑히 아는 사람은 없었다.

  그는 여가 ××촌에 가기 일 년 전쯤 빈손으로 이웃이라도 오듯 후덕덕 ××촌에 나타났다 한다.

  생김생김으로 보아서 얼굴이 쥐와 같고 날카로운 이빨이 있

으며, 눈에는 교활함과 독한 기운이 늘 나타나 있으며, 바룩한* 코에는 코털이 밖으로까지 보이도록 길게 났고, 몸집은 작으나 민첩하게 되었고, 나이는 스물다섯에서 사십까지 임의로 볼 수 있으며 그 몸이나 얼굴 생김이 어디로 보든 남에게 미움을 사고 근접*지 못할 놈이라는 느낌을 갖게 한다.

그의 장기는 투전*이 일쑤며 싸움 잘 하고 트집 잘 잡고 칼부림 잘 하고 색시에게 덤벼들기 잘 하는 것이라 한다.

생김생김이 벌써 남에게 미움을 사게 되었고 게다가 하는 행동조차 변변치 못한 일만이라, ××촌에서는 아무도 그를 대척*하는 사람이 없었다.

사람들은 모두 그를 피하였다.

집이 없는 그였으나 뉘 집에 잠이라도 자러 가면 그 집 주인은 두말없이 다른 방으로 피하고 이부자리를 준비하여 주고 하였다. 그러면 그는 이튿날 해가 낮이 되도록 실컷 잔 뒤에 마치 제 집에서 일어나듯 느직이 일어나서 조반을 청하여 먹고는 한마디의 사례도 없이 나가 버린다.

그리고 만약 누구든 그의 이 청구에 응치 않으면 그는 그것을 트집으로 싸움을 시작하고 싸움을 하면 반드시 칼부림을 하였다.

동리의 처녀들이며 젊은 색시들은 익호가 이 동리에 들어온 뒤로부터는 마음 놓고 나다니지를 못하였다. 철없이 나갔다가

▶바룩하다 : 귀, 코, 그릇 따위의 것이 밖으로 바라져 있다.
▶근접 : 가까이 접근하거나 접촉함.
▶투전 : 두꺼운 종이를 만들어, 그림으로 끗수를 나타낸 것으로 하는 노름. 돈치기.
▶대척 : 상대함. 말대꾸.

봉변을 당한 사람도 몇이 있었다.

'삵*.'

이 별명은 누가 지었는지 모르지만 어느덧 ××촌에서는 익호를 익호라 부르지 않고 '삵'이라고 부르게 되었다.

"삵이 뉘 집에서 묵었나?"

"김 서방네 집에서."

"다른 봉변은 없었다나?"

"요행히 없었다네."

그들은 아침에 깨면 서로 인사 대신으로 '삵'의 거취를 알아보고 하였다.

'삵'은 이 동리에서는 커다란 암종*이었다.

'삵' 때문에 아무리 농사에 사람이 부족한 때라도 젊고 든든한 몇 사람은 동리의 젊은 부녀를 지키기 위하여 동리 안에 머물러 있지 않을 수가 없었다.

'삵' 때문에 부녀와 아이들은 아무리 더운 여름 저녁이라도 길에 나서서 마음 놓고 바람을 쐬어 보지를 못하였다.

'삵' 때문에 동리에서는 닭의 가리며 도야지 우리를 지키기 위하여 밤을 새우지 않을 수가 없었다.

동리의 노인이며 젊은이들은 몇 번을 모여서 '삵'을 이 동리에서 내어쫓기를 의논하였다. 물론 합의는 되었다.

그러나 내어쫓는 데 선착수*할 사람이 없었다.

▶삵 : 살쾡이. ▶암종 : 악성 종양.
▶선착수 : 남보다 먼저 손을 댐.

"첨지가 선착수하면 뒤는 내 담당하마."

"뒤는 걱정 말고 형님 먼저 말해 보시오."

제각기 '삵'에게 먼저 달려들기를 피하였다.

이리하여 동리에서는 합의는 되었으나 '삵'은 그냥 태연히 이 동리에 묵어 있게 되었다.

"며늘년들이 조반이나 지었나?"

"손주놈들이 잠자리나 준비했나?"

마치 그 동리의 모두가 자기의 집안인 것 같이 '삵'은 마음대로 이 집 저 집을 드나들었다.

××촌에서는 사람이라도 죽으면 반드시 조상* 대신으로,

"삵이나 죽지 않고."

하는 한 마디의 말을 잊지 않고 하였다. 누가 병이라도 나면,

"에잇! 이놈의 병 '삵'한테로 가거라."

고 하였다.

암종 ─ 누구든 '삵'을 동정하거나 사랑하는 사람이 없었다.

'삵'도 남의 동정이나 사랑은 벌써 단념한 사람이었다. 누가 자기에게 아무런 대접을 하든 탓하지 않았다. 보이는 데서 보이는 푸대접을 하면 그 트집으로 반드시 칼부림까지 하는 그였었지만, 뒤에서 아무런 말을 할지라도 ─ 그리고 그것이 '삵'의 귀에까지 갈지라도 탄하지* 않았다.

"흥……."

이 한 마디는 그의 가장 큰 처세 철학이었다.

─────────────────────

▶조상 : 남의 죽음에 슬퍼한다는 마음을 표시함.　　　▶탄하다 : 남의 말을 탓하여 나무라다.

흔히 곁 동리 중국인들의 투전판에 가서 투전을 하였다.

때때로 두들겨 맞고 피투성이가 되어 돌아오는 일도 있었다.

그러나 그 하소연을 하는 일이 없었다. 한다 할지라도 들을 사람도 없거니와, 아무리 무섭게 두들겨 맞은 뒤라도 하루만 샘물에 상처를 씻고 절룩절룩한 뒤에는 또 이튿날은 천연히 나다녔다.

여가 ××촌을 떠나기 전날이었다.

송 첨지라는 노인이 그해 소출*을 나귀에 실어 가지고 중국인 지주가 있는 촌으로 갔다.

그러나 돌아올 때는 송장이 되었다.

소출이 좋지 못하다고 두들겨 맞아서 부러져 꺾어진 송 첨지는 나귀 등에 몸이 결박되어서 겨우 ××촌으로 돌아왔다.

그리고 놀란 친척들이 나귀에서 몸을 내릴 때에 절명*되었다.

××촌에서는 왁작*하였다.

"원수를 갚자!"

명 아닌 목숨을 끊은 송 첨지를 위하여 동리의 젊은이며 늙은이는 모두 흥분되었다.

제각기 이제라도 들고 일어설 듯하였다.

그러나 그뿐이었다. 누구든 앞장을 서려는 사람이 없었다.

만약 이때에 누구든 앞장을 서는 사람만 있었다는 그들은 곧 그 지주에게로 달려갔을지 모른다.

▶소출 : 논밭에서 나는 곡식의 양. 또는 그 형편.　　▶절명 : 목숨이 끊어짐. 죽음.
▶왁작 : 여럿이 매우 어수선하게 떠드는 것.

그러나 제가 앞장을 서겠노라고 나서는 사람은 없었다.

제각기 곁사람을 돌아보았다. 발을 굴렀다. 부르짖었다.

학대받는 인종의 고통을 호소하며 울었다.

그러나 ― 그뿐이었다.

남의 일로 지주에게 반항하여 제 밥자리까지 떼이기를 꺼림인지, 용감히 앞서 나가는 사람은 없었다.

여는 의사라는 여의 직업상 송 첨지 시체를 검분*하였다.

돌아오는 길에 여는 '삵'을 만났다.

키가 작은 '삵'을 여는 내려다보았다. '삵'은 여를 쳐다보았다.

'가련한 인생아. 인종의 거머리야. 가치 없는 인생아. 밥버러지야. 기생충아!'

여는 '삵'에게 말하였다.

"송 첨지가 죽은 줄 아우?"

여의 말에 아직껏 여를 쳐다보고 있던 '삵'의 눈이 아래로 떨어졌다.

그리고 여가 발을 떼려는 순간 얼핏 '삵'의 얼굴에 나타난 비창*한 표정을 여는 넘길 수가 없었다.

고향을 떠난 만 리 밖에서 학대받는 인종의 가엾음을 생각하고 그 밤은 여도 잠을 못 이루었다.

그 억분*함을 호소할 곳도 못 가진 우리의 처지를 생각하고, 여도 눈물을 금치를 못하였다.

▶검분: 참관하여 검사함.   ▶비창: 마음이 몹시 상하고 슬픔.
▶억분: 억울하고 분한 마음.

이튿날 아침이었다.

여를 깨우러 오는 사람의 소리에 여는 반사적으로 일어났다.

'삵'이 동구 밖에서 피투성이가 되어 죽어 있다는 것이었다.

여는 '삵'이라는 말에 눈살을 찌푸렸다. 그러나 의사라는 직업상 곧 가방을 수습하여 가지고 '삵'이 넘어진 데까지 달려갔다. 송 첨지의 장례 때문에 모였던 사람 몇은 여의 뒤를 따라왔다.

여는 보았다.

'삵'의 허리가 기역 자로 뒤로 부러져서 밭고랑 위에 넘어져 있는 것을. 여는 달려가 보았다.

아직 약간의 온기는 있었다.

"익호! 익호!"

그러나 그는 정신을 못 차렸다.

여는 응급 수단을 취하였다. 그의 사지는 무섭게 경련되었다.

이윽고 그가 눈을 번쩍 떴다.

"익호! 정신 드나?"

그는 여의 얼굴을 보았다. 끝이 없이 한참을 쳐다보았다.

그의 눈동자가 움직이었다.

겨우 의의*를 깨달은 모양이었다.

"선생님, 저는 갔었습니다."

"어디를?"

"그 놈, 지주 놈의 집에."

무얼? 여는 눈물이 나오려는 눈을 힘 있게 닫았다. 그리고

▶ 의의 : 말의 글이나 속뜻.

덥석 그의 벌써 식어 가는 손을 잡았다. 잠시의 침묵이 계속되었다. 그의 사지에서는 무서운 경련이 끊임없이 일었다. 그것은 죽음의 경련이었다. 듣기 힘든 그의 작은 소리가 또 그의 입에서 나왔다.

"선생님."

"왜?"

"보구 싶어요. 전 보구 시⋯⋯."

"뭐이?"

그는 입을 움직이었다. 그러나 말이 안 나왔다. 기운이 부족한 모양이었다. 잠시 뒤 그는 또다시 입을 움직이었다. 무슨 소리가 그의 입에서 나왔다.

"무얼?"

"보구 싶어요. 붉은 산이⋯⋯ 그리구 흰 옷이!"

아아, 죽음에 임하여 그는 고국과 동포가 생각난 것이었다.

여는 힘 있게 감았던 눈을 고즈넉이 떴다. 그때에 '삶'의 눈도 번쩍 띄었다.

그는 손을 들려 하였다. 그러나 이미 부러진 그의 손은 들리지 않았다. 그는 머리를 돌이키려 하였다. 그러나 그 힘이 없었다.

그의 마지막 힘을 혀끝에 모아 가지고 그는 다시 입을 열었다.

"선생님!"

"왜?"

"저것⋯⋯ 저것⋯⋯."

"무얼?"

"저기 붉은 산이…… 그리고 흰 옷이…… 선생님, 저게 뭐예요."

여는 돌아보았다. 그러나 거기는 황막한 만주의 벌판이 전개되어 있을 뿐이다.

"선생님, 창가*를 불러 주세요. 마지막 소원…… 창가를 해 주세요. 동해물과 백두산이 마르고 닳도록…… ."

여는 머리를 끄덕이고 눈을 감았다.

그리고 입을 열었다. 여의 입에서는 창가가 흘러나왔다.

여느 고즈넉이 불렀다.

"동해물과 백두산이…… ."

고즈넉이 부르는 여의 창가 소리에 뒤에 둘러섰던 다른 사람의 입에서도 숭엄한 코러스는 울리어 나왔다.

"무궁화 삼천리 화려 강산…… ."

광막한 겨울의 만주 벌 한편 구석에서는 밥버러지 익호의 죽음을 조상하는 숭엄한 노래가 차차 크게 엄숙하게 울리었다.

그 가운데서 익호의 몸은 점점 식었다.

▶창가 : 노래. 갑오개혁 이후 생긴 근대 음악의 하나.

줄거리

만주의 어느 조선인촌, 거기 마을 사람들은 모두 중국인 지주의 소작인들이다.

그런데 거기에는 마을의 암적인 존재가 있다. 다름 아닌 삵이라 불리는 정익호. 마을사람들은 하나같이 그를 미워하면서도 무서워한다. 그도 그럴 것이 그는 싸움 잘 하고, 트집 잘 잡고, 칼부림 잘 하고, 색시에게 덤벼들기 잘 하는 개차반인 것이다.

그러던 어느 날 이 마을의 어른 송 첨지가 중국인 지주에게 갔다가 시체로 되돌아오는 일이 일어난다. 그해 소출이 좋지 않았다는 이유로 중국인 지주에게 결박당하여 뭇매를 맞는 것이다.

마을사람들은 모두 분노하지만 지주에게 찾아가 항의할 용기를 지닌 사람은 아무도 없었다.

정작 중국인 지주에게 찾아간 사람은 바로 인간 말종 삵이었다. 그 역시 중국인 지주집에서 뭇매를 맞아 허리가 꺾인 채 돌아왔던 것이다. 죽음을 앞두고 삵은 조국을 그리워하며, 애국가를 청한다.

마을사람들이 애국가를 부르는 가운데 삵의 몸은 서서히 식어간다.

재미있게 읽었나요?

자, 이제부터는 생각하는 어린이가 되어 물음에 답해 보세요.

물음

1. 이 소설에서 '붉은 산', '흰 옷'이 상징하는 것은 무엇인가요?

2. 정익호 즉, 삵과 마을 사람들이 서로 일체감을 느끼는 순간은 언제인가요?

답

1. 붉은 산 : 일제 침략에 수탈당한 우리 조국.

   흰 옷 : 우리 민족.

2. 정익호가 죽어가는 가운데 애국가가 엄숙하게 울려퍼질 때.

B사감과 러브레터

현
진
건

■ 현진건(1900. 8. 9.~1943. 4. 25)
소설가이고, 호는 빙허입니다. 한국 사실주의 단편소설의 기틀을
다진 작가입니다. 1922년 홍사용, 박종화, 나도향, 박영희 등과
《백조》 동인이 되었고, 〈빈처〉, 〈운수 좋은 날〉, 〈불〉, 〈적도〉, 〈무
영탑〉 등의 작품이 있습니다.

■ 읽기 전에
이 작품은 현진건이 《조선문단》(1925. 2)에 발표한 작
품입니다.
이 소설 속에서 작가는 겉과 속이 다른 B사감의 모습
을 통해 무엇을 나타내려고 하였는지 생각해 보세요.

B사감과 러브레터

　C여학교에서 교원 겸 기숙사 사감* 노릇을 하는 B여사라면 딱정대*요, 독신주의자요, 찰진 야소꾼*으로 유명하다.

　사십에 가까운 노처녀인 그는 주근깨투성이 얼굴이 처녀다운 맛이란 약에 쓰려도 찾을 수 없을 뿐 아니라, 시들고 거칠고 마르고 누렇게 뜬 품이 곰팡 슬은 굴비를 생각나게 한다.

　여러 겹 주름이 잡힌 훌렁 벗겨진 이마라든지, 숱이 적어서 법대로 쪽지거나 틀어 올리지를 못하고 엉성하게 그냥 빗어 넘긴 머리꼬리가 뒤통수에 염소 똥만하게 붙은 것이라든지, 벌써 늙어 가는 자취를 감출 길이 없었다.

　뾰족한 입을 앙다물고 돋보기 너머로 쌀쌀한 눈이 노릴 때엔 기숙생들이 오싹 하고 몸서리를 치리만큼 그는 엄격하고 매서웠다.

　이 B여사가 질겁을 하다시피 싫어하고 미워하는 것은 소위 '러브레터'였다.

▶사감 : 기숙사에서 기숙생을 감독하는 사람.
▶딱정대 : 성질이 온화한 맛이 없고 아주 딱딱한 사람을 뜻함.
▶찰진 야소꾼 : 믿음이 깊은 기독교 신자.

　여학교 기숙사라면 으레 그런 편지가 많이 오는 것이지만 학교로도 유명하고 또 아름다운 여학생이 많은 탓인지 모르되 하루에도 몇 장씩 죽느니 사느니 하는 사랑 타령이 날아 들어왔었다. 기숙생에게 오는 사신*을 일일이 검사하는 터이니까 그따위 편지도 물론 B여사의 손에 떨어진다.

　달짝지근한 사연을 보는 족족 그는 더할 수 없이 흥분되어서 얼굴이 붉으락푸르락, 편지 든 손이 발발 떨리도록 성을 낸다.

　아무 까닭 없이 그런 편지를 받은 학생이야말로 큰 재변이었다.

▶사신 : 개인의 사사로운 편지.

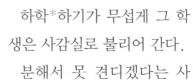

하학*하기가 무섭게 그 학생은 사감실로 불리어 간다.

분해서 못 견디겠다는 사람 모양으로 쌔근쌔근하며 방안을 왔다 갔다 하던 그는, 들어오는 학생을 잡아먹을 듯이 노리면서 한 걸음 두 걸음 코가 맞닿을 만치 바싹 다가 들어서서 딱 마주선다. 웬 영문인지 알지 못하면서도 선생의 기색을 살피고 겁부터 집어먹은 학생은 한동안 어쩔 줄 모르다가 간신히 모기만한 소리로,

"저를 부르셨어요?"

하고 묻는다.

"그래 불렀다. 왜!"

팍 무는 듯이 한 마디 하고 나서 매우 못마땅한 것처럼 교의*를 우당퉁탕 당겨서 철썩 주저앉았다가 학생이 그저 서 있는 걸 보면,

"장승이냐? 왜 앉지를 못해!"

하고 또 소리를 빽 지르는 법이었다.

스승과 제자는 조그마한 책상 하나를 사이에 두고 마주 앉는다.

앉은 뒤에도,

▶하학 : 학교에서 그 날의 수업을 마침.　　　　▶교의 : 의자.

"네 죄상을 네가 알지!"

하는 것처럼 아무 말 없이 눈살로 쏘기만 하다가 한참 만에야 그 편지를 끄집어내어 학생의 코앞에 동댕이를 치며,

"이건 누구한테 오는 거냐?"

하고 문초를 시작한다.

앞 장에 제 이름이 쓰였는지라,

"저한테 온 것이야요."

하고 대답 않을 수 없다.

그러면 발신인이 누구인 것을 채쳐* 묻는다. 그런 편지의 항용으로 발신인의 성명이 똑똑지 않기 때문에 주저주저히다가 자세히 알 수 없다고 내대일 양이면,

"너한테 오는 것을 네가 모른단 말이냐."

하고 불호령을 내린 뒤에 또 사연을 읽어 보라 하여 무심한 학생이 나즉나즉하나마 꿀 같은 구절을 입술에 올리면, B여사의 역정은 더욱 심해져서 어느 놈의 소위인 것을 기어이 알려 한다.

기실* 보도 듣도 못한 남성이 한 노릇이요, 자기에게는 아무 죄도 없는 것을 변명하여도 곧이듣지를 않는다.

바른 대로 아뢰어야 망정이지 그렇지 않으면 퇴학을 시킨다는 둥, 제 이름도 모르는 여자에게 편지할 리가 만무하다는 둥, 필연 행실이 부정한 일이 있으리라는 둥…….

하다못해 어디서 한 번 만나기라도 하였을 테니 어찌해서 남자와 접촉을 하게 되었느냐는 둥, 자칫 잘못하여 학교에서 주최한 음악회나 바자*에서 혹 보았는지 모른다고 졸리다 못해 주워 댈 것 같으면 사내의 보는 눈이 어떻더냐, 표정이 어떻더냐, 무슨 말을 건네더냐, 미주알고주알 캐고 파며 얼으고 볶아서 넉넉히 십년감수*는

▶채치다 : 일을 재촉하여 다그치다.　　　▶기실 : 실제에 있어서.
▶바자 : 공공 또는 사회사업의 자금을 모으기 위해 벌이는 시장. 바자회.
▶십년감수 : 수명이 십 년이나 줄 정도로 위험한 고비를 겪음.

시킨다.

　두 시간이 넘도록 문초*를 한 끝에는 사내란 믿지 못할 것, 우리 여성을 잡아먹으려는 마귀인 것, 연애가 자유이니 신성이니 하는 것도 모두 악마가 지어 낸 소리인 것을 입에 침이 없이 열에 떠서 한참 설법을 하다가 닦지도 않은 방바닥(침대를 쓰기 때문에 방이라 해도 마룻바닥이다)에 그대로 무릎을 꿇고 기도를 올린다.

　눈에 눈물까지 글썽거리면서 말끝마다 '하느님 아버지'를 찾아서 악마의 유혹에 떨어지려는 어린 양을 구해 달라고 뒤삶고 곱삶는* 법이었다.

▶문초 : 죄나 잘못을 따져 묻거나 심문함.　　▶뒤삶고 곱삶다 : 다시 삶고 두 번 삶다.

그리고 둘째로 그의 싫어하는 것은 기숙생을 남자가 면회하러 오는 일이었다.

무슨 핑계로 하든지 기어이 못 보게 하고 만다.

친부모, 친동기간이라도 규칙이 어떠니, 상학* 중이니 무슨 핑계를 하든지 따돌려 보내기가 일쑤다.

이로 말미암아 학생이 동맹 휴학을 하였고 교장의 설유*까지 들었건만 그래도 그 버릇은 고치려 들지 않았다.

이 B사감이 감독하는 그 기숙사에 금년 가을 들어서 괴상한 일이 '생겼다'느니보다 '발각되었다'는 것이 마땅할는지 모르리라. 왜 그런고 하면 그 괴상한 일이 언제 '시작된' 것은 귀신밖에 모르니까.

그것은 다른 일이 아니라 밤이 깊어서 새로 한 점이 되어 모든 기숙생들이 달고 곤한 잠에 떨어졌을 제 난데없는 깔깔대는 웃음과 속살속살하는 말낱*이 새어 흐르는 일이었다.

하룻밤이 아니고 이틀 밤이 아닌 다음에야 그런 소리가 잠귀 밝은 기숙생의 귀에 들리기도 하였지만, 자던 잠결이라 뒷동산에 구르는 마른 잎의 노래로나, 달빛에 날개를 번뜩이며 울고 가는 기러기의 소리로나 흘려들었다.

그렇지 않으면 도깨비의 장난이나 아닌가 하여 무시무시한 증이 들어서 동무를 깨웠다가 좀처럼 동무는 깨지 않고 제 생각이 너무나 어림없고 어이없음을 깨달으면, 밤소리 멀리 들린

▶상학 : 학교에서 그날의 공부를 시작함.　　　▶설유 : 말로 타이름.
▶말낱 : 몇 마디의 말.

다고, 학교 이웃집에서 이야기를 하거나 또 딴 방에 자는 제 동무들의 잠꼬대로만 여겨서 스스로 안심하고 그대로 자 버리기도 하였다.

그러나 이 수수께끼가 풀릴 때는 왔다.

이때 공교롭게 한방에 자던 학생 셋이 한꺼번에 잠을 깨었다. 첫째 처녀가 소변을 보러 일어났다가 그 소리를 듣고, 둘째 처녀와 셋째 처녀를 깨우고 만 것이다.

"저 소리를 들어 보아요. 아닌 밤중에 저게 무슨 소리야."

하고 첫째 처녀는 호동그래진 눈에 무서워하는 빛을 띤다.

"어제밤에 나도 저 소리에 놀랐었어. 도깨비가 났단 말인가?"

하고 둘째 처녀도 잠 오는 눈을 비비며 수상해한다.

그중에 제일 나이 많을 뿐더러(많아 보았자 열여덟밖에 아니 되지만) 장난 잘 치고 짓궂은 짓 잘하기로 유명한 셋째 처녀는 동무 말을 못 믿겠다는 듯이 이윽히 귀를 기울이다가,

"딴은 수상한걸. 나는 언젠가 한번 들어본 법도 하구먼. 무얼 잠 아니 오는 애들이 이야기를 하는 게지."

이때에 그 괴상한 소리는 떽때굴 웃었다.

세 처녀는 으쓱하며 귀를 소스라쳤다.

적적한 밤 가운데 다른 파동 없는 공기는 그 수상한 말마디를 곁에서나 나는 듯이 또렷또렷이 전해 주었다.

"오, 태훈 씨! 그러면 작히* 좋을까요."

▶작히 : 얼마나. 오죽.

간드러진 여자의 목소리다.

"경숙 씨가 좋으시다면 내야 얼마나 기쁘겠습니까! 아아, 오직 경숙 씨에게 바친 나의 타는 듯한 가슴을 인제아 아셨습니끼!"

정열을 뜨인 사내의 목청이 분명하였다. 한동안 침묵…….

"인제 고만 놓아요. 키스가 너무 길지 않아요. 행여 남이 보면 어떡해요."

아양 떠는 여자 말씨.

"길수록 더욱 좋지 않아요. 나는 내 목숨이 끊어질 때까지 키스를 하여도 길다고는 못 하겠습니다. 그래도 짧은 것을 한하겠습니다."

사내의 피를 뿜는 듯한 이 말 끝은 계집의 자지러진 웃음으로 묻혀 버렸다.

그것은 묻지 않아도 사랑에 겨운 남녀의 허물어진 수작이다.

감금이 지독한 이 기숙사에 이런 일이 생길 줄이야!

세 처녀는 얼굴을 마주보았다.

그들의 얼굴은 놀랍고 무서운 빛이 없지 않았으되 점점 호기심에 번쩍이기 시작하였다.

그들의 머릿속에는 한결같이 로맨틱한 생각이 떠올랐다.

이 안에 있는 여자 애인을 보려고 학교 근처를 뒤돌고 곰돌던 사내 애인이, 타는 듯한 가슴을 걷잡다 못하여 밤이 이슥하기를 기다려 담을 뛰어넘었는지 모르리라.

모든 불이 다 꺼지고 오직 밝은 달빛이 은가루처럼 서리인 창문이 소리 없이 열리며 여자 애인이 흰 수건을 흔들어 사내 애

인을 부른지도 모르리라.

활동사진*에 보는 것처럼 기나긴 피륙*을 내리어서 하나는 위에서 당기고 하나는 밑에 매달려 디룽디룽하면서 올라가는 정경이 있었는지 모르리라.

그래서 두 애인은 만나 가지고 저와 같이 사랑의 속살거림에 잦아졌는지 모르리라……. 꿈결 같은 감정이 안개 모양으로 부시게 세 처녀의 몸과 마음을 휩싸돌았다.

그들의 뺨은 후끈후끈 달았다.

괴상한 소리는 또 일어났다.

"난 싫어요. 난 싫어요. 당신 같은 사내는 난 싫어요."

이번에는 매몰스럽게 내어 대는 모양.

"나의 천사, 나의 하늘, 나의 여왕, 나의 목숨, 나의 사랑, 나를 살려 주어요. 나를 구해 주어요."

사내의 애를 졸리는 간청……,

"우리 구경 가 볼까."

짓궂은 셋째 처녀는 몸을 일으키며 이런 제의를 하였다.

다른 처녀들도 그 말에 찬성한다는 듯이 따라 일어섰으되 의아와 공구*와 호기심이 뒤섞인 얼굴을 서로 교환하면서 얼마쯤 망설이다가 마침내 가만히 문을 열고 나왔다.

쌀벌레 같은 그들의 발가락은 가장 조심성 많게 소리나는 곳을 향해서 곰실곰실 기어간다. 컴컴한 복도에 자다가 일어난

▶활동사진 : 영화.   ▶피륙 : 필로 된 베. 무명, 비단 등.
▶공구 : 몹시 두려움.

세 처녀의 흰 모양은 그림자처럼 소리 없이 움직였다.

소리 나는 방은 어렵지 않게 찾을 수 있었다.

찾고는 나무로 깎아 세운 듯이 주춤 걸음을 멈출 만큼 그들은 놀랐다.

그런 소리의 출처야말로 자기네 방에서 몇 걸음 안되는 사감실일 줄이야!

그렇듯이 사내라면 못 먹어 하고 침이라도 뱉을 듯하던 B여사의 방일 줄이야!

그 방에 여전히 사내의 비대발괄*하는 푸념이 되풀이되고 있다.

"나의 천사, 나의 하늘, 나의 여왕, 나의 복숨, 나의 사랑, 나의 애를 말려 죽이실 테요. 나의 가슴을 뜯어 죽이실 테요. 내 생명을 맡으신 당신의 입술로……."

셋째 처녀는 대담스럽게 그 방문을 빠끔히 열었다.

그 틈으로 여섯 눈이 방 안을 향해 쏘았다.

이 어쩐 기괴한 광경이냐!

전등불은 아직 끄지 않았는데 침대 위에는 기숙생에게 온 소위 '러브레터'의 봉투가 너저분하게 흩어졌고 그 알맹이도 여기저기 두 서없이 펼쳐진 가운데 B여사 혼자, 아무도 없이 제 혼자 일어 나 앉았다.

▶비대발괄 : 억울한 사정을 하소연하면서 간절히 청하여 빎.

누구를 끌어당길 듯이 두 팔을 벌리고 안경을 벗은 근시안으로 잔뜩 한 곳을 노리며 그 굴비쪽 같은 얼굴에 말할 수 없이 애원하는 표정을 짓고는 키스를 기다리는 것 같이 입을 쫑긋이 내어민 채 사내의 목청을 내가면서 아까 한 말을 중얼거린다.

　그러다가 그 넋두리가 끝날 겨를도 없이 갑작스리 앵돌아지는 시늉*을 내며 누구를 뿌리치는 듯이 연해* 손짓을 하면서 이번에는 톡톡 쏘는 계집의 음성을 지어,

　"난 싫어요, 당신 같은 사내는 싫어요."

　하다가 제풀에 자지러지게 웃는다.

　그러더니 문득 편지 한 장을(물론 기숙생에게 온 '러브레터'의 하나) 집어 들어 얼굴에 문지르며,

　"정 말씀이야요. 나를 그렇게 사랑하셔요. 당신의 목숨같이 나를 사랑하셔요? 나를, 이 나를."

　하고 몸을 추스르는데 그 음성은 분명히 울음의 가락을 띠었다.

　"에그머니, 저게 웬일이야!"

　첫째 처녀가 소곤거렸다.

　"아마 미쳤나 보아. 밤중에 혼자 일어나서 왜 저러고 있을꾸."

　"에그 불쌍해!"

　하고 셋째 처녀는 손으로 고인, 때 모르는 눈물을 씻었다……

▶시늉 : 어떤 움직임이나 모양을 흉내 내는 것.　　▶연해 : 끊임없이 거듭.

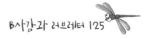

줄거리

C여학교 교원 겸 사감인 B여사는 사십에 가까운 노처녀이다. 게다가 독신주의자요. 철저한 기독교 신자이기도 하다. 그런 그녀가 뾰족한 입을 앙다물고 돋보기 너머 쌀쌀한 눈으로 쏘아볼 때, 기숙생들은 오싹하고 몸서리를 칠 정도이다.

엄격한 규율로 여학생들을 다스리는 B사감이 특히 질겁을 하다시피 싫어하는 것은 이른바 러브레터이다. 여학교다 보니 으레 그런 편지가 날아들 수밖에 없지만, 그녀에겐 도저히 묵과될 수 없는 것이다. 이를테면 어느 여학생 앞으로 러브레터라도 올 것 같으면, 그 학생은 B사감에게 두 시간은 족히 문초를 당할 각오를 해야 한다.

그러던 어느 날 밤, 여학생 기숙사에 이상한 일이 벌어진다. 난데없는 여자의 교태 어린 목소리와 남자의 정열적인 목소리가 들려오는 것이다. 때마침 깨어 있던 여학생 세 명이 호기스럽게 그 목소리들이 새어 나오는 곳으로 갔다. 거기에는 다름 아닌 B사감이 여학생들에게 온 러브레터를 펼쳐놓고 혼자서 읽으며 목소리와 표정을 연출하면서 있었다.

재미있게 읽었나요?

자, 이제부터는 생각하는 어린이가 되어 물음에 답해 보세요.

물음

1. B사감의 인물 묘사에서 B사감의 엄격한 면을 짐작하게 하는 구절을 찾아 보세요.
2. 이 소설에서 지은이는 겉과 속이 다른 B사감의 모습을 통해 무엇을 나타내려고 할까요?

답

1. 'B여사라면 딱정대요, 독신주의자요, 찰진 야소꾼으로 유명하다.'
2. 허위와 위선에 가득 찬 현실적인 삶을 비판함.

동백꽃

김유정

■ 김유정(1908. 2. 12~1937. 3. 29)

소설가이고, 강원도 춘천에서 태어났습니다. 1935년 〈소나기〉가 《조선일보》 신춘문예, 〈노다지〉가 《조선중앙일보》 신춘문예에 각각 당선되어 등단했습니다. 1937년 폐결핵으로 세상을 뜰 때까지 〈금 따는 콩밭〉, 〈만무방〉, 〈산골〉, 〈가을〉, 〈봄봄〉, 〈동백꽃〉, 〈따라지〉 등 약 30편의 단편소설을 발표했고, 주로 자신의 생활이나 주변 인물을 소재로 한 단편소설을 발표했습니다.

■ 읽기 전에

〈동백꽃〉은 김유정이 《조광》(1936. 5)에 발표한 작품입니다. 이 작품에는 '나'와 '점순이'의 티격태격 사랑이 아주 재미있게 그려져 있습니다. 산촌의 소년 소녀 사이에서 싹트는 순박하면서 우직한 사랑을 상상하면서 이 작품을 읽어보세요.

동백꽃

오늘도 또 우리 수탉이 막 쪼이었다. 내가 점심을 먹고 나무를 하러 갈 양으로 나올 때이었다. 산으로 올라서려니까, 등 뒤에서 푸드득푸드득하고 닭의 횃소리가 야단이다. 깜짝 놀라서 고개를 돌려보니 아니나다르랴, 두 놈이 또 얼리었다*.

점순네 수탉(대강이*가 크고 똑 오소리같이 실팍하게 생긴 놈)은 덩저리* 작은 우리 수탉을 함부로 해내는* 것이다. 그것도 그냥 해내는 것이 아니라 푸드득하고 면두*를 쪼고 물러섰다가, 좀 사이를 두고 또 푸드득하고 모가지를 쪼았다. 이렇게 멋을 부려가며 여지없이 닦아놓는다. 그러면 이 못생긴 것은 쪼일 적마다 주둥이로 땅을 받으며 그 비명이 킥, 킥 할 뿐이다. 물론 미처 아물지도

▶얼리다 : 서로 얽히게 되다.
▶덩저리 : '몸집'을 낮잡아 이르는 말. 덩치.
▶면두 : '볏'의 사투리.

▶대강이 : 머리.
▶해내다 : 상대편을 여지없이 이겨 내다.

않은 면두를 또 쪼이어 붉은 선혈은 뚝뚝 떨어진다.

이걸 가만히 내려다보자니 내 대강이가 터져서 피가 흐르는 것같이 두 눈에서 불이 번쩍 난다. 대뜸 지게막대기를 메고 달겨들어 점순네 닭을 후려칠까 하다가 생각을 고쳐먹고, 헛매질로 떼어만 놓았다.

이번에도 점순이가 쌈을 붙여 났을 것이다. 바짝바짝 내 기를 올리느라고 그랬음에 틀림없을 것이다. 고놈의 계집애가 요새로 들어서서 왜 나를 못 먹겠다고 고렇게 아르렁거리는지 모른다.

나흘 전 감자 쪼간*만 하더라도 나는 저에게 조금도 잘못한 것은 없다. 계집애가 나물을 캐러 가면 갔지 남 울타리 엮는 데 쌩이질*을 하는 것은 다 뭐냐. 그것도 발소리를 죽여가지고 등 뒤로 살며시 와서,

"얘! 너 혼자만 일하니?"

하고 긴치 않는 수작을 하는 것이었다.

어제까지도 저와 나는 이야기도 잘 않고, 서로 만나도 본척만척하고, 이렇게 점잖게 지내던 터이련만 오늘로 갑작스레 대견해졌음은 웬일인가. 항차* 망아지만 한 계집애가 남 일하는 놈 보구…….

▶쪼간 : 어떤 사건.
▶쌩이질 : 한창 바쁠 때 쓸데없는 일로 남을 귀찮게 구는 짓.　　▶항차 : 하물며. 더구나.

"그럼 혼자 하지 떼루 하디?"

내가 이렇게 내배앝는 소리를 하니까,

"너 일하기 좋니?"

또는,

"한여름이나 되거든 하지 벌써 울타리를 하니?"

잔소리를 두루 늘어놓다가 남이 들을까 봐 손으로 입을 틀어막고는 그 속에서 깔깔댄다. 별로 우스울 것도 없는데 날씨가 풀리더니 이놈의 계집애가 미쳤나 하고 의심하였다. 게다가 조금 뒤에는 제 집께를 할끔할끔 돌아보더니 행주치마의 속으로 꼈던 바른손을 뽑아서 나의 턱밑으로 불쑥 내미는 것이다. 언제 구웠는지 더운 김이 홱 끼치는 굵은 감자 세 개가 손에 뿌듯이 쥐였다.

"느 집엔 이거 없지?"

하고 생색 있는 큰소리를 하고는 제가 준 것을 남이 알면 큰일날 테니 여기서 얼른 먹어 버리란다. 그리고 또 하는 소리가,

"너 봄 감자가 맛있단다."

"난 감자 안 먹는다. 너나 먹어라."

나는 고개도 돌리려 하지 않고 일하던 손으로 그 감자를 도로 어깨 너머로 쑥 밀어 버렸다. 그랬더니 그래도 가는 기색이 없고, 뿐만 아니라 쌔근쌔근하고 심상치 않게 숨소리가 점점 거칠어진다. 이건 또 뭐야 싶어서 그때서야 비로소 돌아다보니 나는 참으로 놀랐다. 우리가 이 동리에 들어온 것은 근 삼 년째 되어 오지만 여지껏 가무잡잡한 점순이의 얼굴이 이렇게까지

홍당무처럼 새빨개진 법이 없었다. 게다 눈에 독을 올리고 한참 나를 요렇게 쏘아보더니 나중에는 눈물까지 어리는 것이 아니냐. 그리고 바구니를 다시 집어 들더니 이를 꼭 악물고는 엎어질 듯 자빠질 듯 논둑으로 힁허케* 달아나는 것이다.

어쩌다 동리 어른이,

"너 얼른 시집가야지?"

하고 웃으면,

"염려 마서유. 갈 때 되면 어련히 갈라구!"

이렇게 천연덕스레 받는 점순이었다. 본시 부끄럼을 타는 계집애도 아니려니와 또한 분하다고 눈에 눈물을 보일 얼병이*도 아니다. 분하면 차라리 나의 등어리를 바구니로 한 번 모질게 후려 쌔리고 달아날지언정.

그런데 고약한 그 꼴을 하고 가더니 그 뒤로는 나를 보면 잡아먹으려고 기를 복복 쓰는 것이다. 설혹 주는 감자를 안 받아먹은 것이 실례라 하면, 주면 그냥 주었지 '느 집엔 이거 없지'는 다 뭐냐. 그렇잖아도 저희는 마름*이고 우리는 그 손에서 배재*를 얻어 땅을 부치므로 일상 굽실거린다. 우리가 이 마을에 처음 들어와 집이 없어서 곤란으로 지낼 제, 집터를 빌리고 그 위에 집을 또 짓도록 마련해 준 것도 점순네의 호의였다. 그리고 우리 어머니, 아버지도 농사 때 양식이 달리면 점순네한테 가서 부지런히 꾸어다 먹으면서 인품 그런 집은 다시 없으

▶ 힁허케 : 횅하니. 지체하지 않고 빠르게 가는 모양.
▶ 얼병이 : 얼간이. 됨됨이가 똑똑하지 못하고 모자라는 사람.
▶ 마름 : 땅주인을 대리하여 소작지를 관리하는 사람.
▶ 배재 : 마름과 소작인 사이에 교환한 소작권 위임 문서.

리라고 침이 마르도록 칭찬하곤 하는 것이다. 그러면서도 열일곱씩이나 된 것들이 수군수군하고 붙어 다니면 동리의 소문이 사납다고 주의를 시켜 준 것도 또 어머니였다. 왜냐하면 내가 점순이하고 일을 저질렀다가는 점순네가 노할 것이고, 그러면 우리는 땅도 떨어지고 집도 내쫓기고 하지 않으면 안되는 까닭이었다. 그런데 이놈의 계집애가 까닭 없이 기를 복복 쓰며 나를 말려 죽이려 드는 것이다.

눈물을 흘리고 간 담날 저녁나절이었다. 나무를 한 짐 잔뜩 지고 산을 내려오려니까 어디서 닭이 죽는 소리를 친다. 이거 뉘 집에서 닭을 잡나, 하고 점순네 울 뒤로 돌아오다가 나는 고만 두 눈이 뚱그래졌다. 점순이가 저희 집 봉당에 홀로 걸터앉았는데 이게 치마 앞에다 우리 씨암탉을 붙들어 놓고는,

"이놈의 닭! 죽어라, 죽어라."

요렇게 암팡스레* 패주는 것이 아닌가. 그래도 대가리나 치면 모른다만은 아주 알도 못 낳으라고 불기짝께를 주먹으로 콕콕 쥐어박는 것이다.

나는 눈에 쌍심지*가 오르고 사지가 부르르 떨렸으나 사방을 한 번 휘돌아보고야 그제서 점순이 집에 아무도 없음을 알았다. 잡은 참지게막대기를 들어 울타리의 중턱을 후려치며,

"이놈의 계집애! 남의 닭 알 못 낳으라구 그러니?"

하고 소리를 빽 질렀다.

▶암팡스레 : 몸은 작아도 야무지고 다부진 면이 있게.
▶쌍심지 : 몹시 화가 나서 두 눈에 핏발이 서는 일.

그러나 점순이는 조금도 놀라는 기색이 없고 그대로 의젓이 앉아서 제 닭 가지고 하듯이 또 죽어라, 죽어라, 하고 패는 것이다. 이걸 보면 내가 산에서 내려올 때를 겨냥해 가지고 미리부터 닭을 잡아 가지고 있다가 너 보란 듯이 내 앞에 쥐지르

고* 있음이 확실하다.

그러나 나는 그렇다고 남에 집에 뛰어 들어가 계집애하고 싸울 수도 없는 노릇이고 형편이 썩 불리함을 알았다. 그래 닭이 맞을 적마다 지게막대기로 울타리를 후려칠 수밖에 별도리가 없다. 왜냐하면 울타리를 치면 칠수록 울섶*이 물러앉으며 뼈대만 남기 때문이다. 허나 아무리 생각하여도 나만 밑지는 노릇이다.

"야, 이년아! 남의 닭 아주 죽일 터이냐?"

내가 도끼눈을 뜨고 다시 꽥 호령을 하니까 그제야 울타리께로 쪼르르 오더니 울 밖에 서 있는 나의 머리를 겨누고 닭을 내팽개친다.

"에이, 더럽다! 더럽다!"

"더러운 걸 널더러 입때* 끼고 있으랬니? 망할 계집애년 같으니!"

하고 나도 더럽단 듯이 울타리께를 횡허케 돌아내리며 약이 오를 대로 다 올랐다(라고 하는 것은 암탉이 풍기는 서슬에 나의 이마빼기에다 물찌똥을 찍 깔겼는데 그걸 본다면 알집만 터졌을 뿐 아니라 골병은 단단히 든 듯싶다.).

그리고 나의 등 뒤를 향하여 나에게만 들릴 듯 말 듯한 음성으로,

"이 바보 녀석아!"

"애! 너 배냇병신*이지?"

▶웨지르다 : '쥐어지르다'의 준말. 주먹으로 힘껏 내지르다.
▶울섶 : 울타리를 만드는 데 쓰는 섶나무.　　　▶입때 : 지금까지.
▶배냇병신 : 태어날 때부터 기형인 것을 낮잡아 이르는 말. 선천기형.

그만도 좋으련만,

"얘! 너 느 아버지가 고자*라지?"

"뭐? 울 아버지가 그래 고자야?"

할 양으로 열벙거지*가 나서 고개를 홱 돌리어 바라봤더니 그때까지 울타리 위로 나와 있어야 할 점순이의 대가리가 어디 갔는지 보이지를 않는다. 그러나 돌아서서 오자면 아까에 한 욕을 울 밖으로 퍼붓는 것이다. 욕을 이토록 먹어 가면서도 대거리* 한 마디 못하는 걸 생각하니 돌부리에 채어 발톱 밑이 터지는 것도 모를 만치 분하고 급기야는 두 눈에 눈물까지 불끈 내솟는다.

그러나 점순이의 침해는 이것뿐이 아니다. 사람들이 없으면 틈틈이 제 집 수탉을 몰고 와서 우리 수탉과 쌈을 붙여 놓는다. 제 집 수탉은 썩 험상궂게 생기고 쌈이라면 홰*를 치는고로 으레 이길 것을 알기 때문이다. 그래서 툭하면 우리 수탉의 면두며 눈깔이 피로 흐드르하게 되도록 해놓는다. 어떤 때에는 우리 수탉이 나오지를 않으니까 요놈의 계집애가 모이를 쥐고 와서 꾀어내다가 쌈을 붙인다.

이렇게 되면 나도 다른 배차를 차리지 않을 수 없다. 하루는 우리 수탉을 붙들어 가지고 넌지시 장독께로 갔다. 쌈닭에게 고추장을 먹이면 병든 황소가 살모사를 먹고 용을 쓰는 것처럼 기운이 뻗친다 한다. 장독에서 고추장 한 접시를 떠서 닭 주둥

▶고자 : 생식기가 불완전한 사내.　　　▶열벙거지 : 열화. 매우 급하게 치밀어오르는 화증.
▶대거리 : 상대편에게 맞서서 대드는 말이나 행동.
▶홰 : 새장이나 닭장 속에 새나 닭이 올라앉게 가로질러 놓은 나무 막대.

아리께로 들이밀고 먹여 보았다. 닭도 고추장에 맛을 들였는지 거스르지 않고 거진 반 접시 턱이나 곧잘 먹는다.

그리고 먹고 금세는 용을 못 쓸 터이므로 얼마쯤 기운이 돌도록 홰 속에다 가두어 두었다,

밭에 두엄*을 두어 짐 져 내고 나서 쉴 참에 그 닭을 안고 밖으로 나왔다. 마침 밖에는 아무도 없고 점순이만 저희 울 안에서 헌옷을 뜯는지 혹은 솜을 타는지 웅크리고 앉아서 일을 할 뿐이다.

나는 점순네 수탉이 노는 밭으로 가서 닭을 내려놓고 가만히 맥을 보았다. 두 닭은 여전히 얼리어 쌈을 하는데 처음에는 아무 보람이 없다. 멋지게 쪼는 바람에 우리 닭은 또 피를 흘리고 그러면서도 날갯죽지만 푸드득푸드득하고 올라 뛰고 뛰고 할 뿐으로 제법 한 번 쪼아 보지도 못한다.

그러나 한번은 어쩐 일인지 용을 쓰고 펄쩍 뛰더니 발톱으로 눈을 하비고* 내려오며 면두를 쪼았다. 큰 닭도 여기에는 놀랐는지 뒤로 멈씰하며* 물러난다. 이 기회를 타서 작은 우리 수탉이 또 날쌔게 덤벼들어 다시 면두를 쪼니 그제서는 감때사나운* 그 대강이에서도 피가 흐르지 않을 수 없었다.

옳다 알았다, 고추장만 먹이면 되는구나, 하고 나는 속으로 아주 쟁그라워 죽겠다. 그때에는 뜻밖에 내가 닭쌈을 붙여 놓는 데 놀라서 울 밖으로 내다보고 섰던 점순이도 입맛이 쓴지

▶두엄 : 풀, 짚 또는 가축의 배설물 따위를 썩은 거름. 퇴비.
▶하비다 : 손톱이나 날카로운 물건으로 조금 긁어 파다.
▶멈씰하다 : '멈칫하다'의 사투리.　　　▶감때사납다 : 억세고 사납다.

눈살을 찌푸렸다.

나는 두 손으로 볼기짝을 두드리며 연방,

"잘한다! 잘한다!"

하고 신이 머리끝까지 뻗치었다.

그러나 얼마 되지 않아서 나는 넋이 풀리어 기둥같이 묵묵히 서 있게 되었다. 왜냐하면 큰 닭이 한 번 쪼인 앞갚음으로 호들갑스레 연거푸 쪼는 서슬에 우리 수탉은 찔끔 못하고 막 곯는다. 이길 보고서 이번에는 점순이가 깔깔거리고 되도록 이쪽에서 많이 들으라고 웃는 것이다.

나는 보다 못하여 덤벼들어서 우리 수탉을 붙들어 가지고 도로 집으로 들어왔다. 고추장을 좀더 먹였더라면 좋았을걸, 너무 급하게 쌈을 붙인 것이 퍽 후회가 난다. 장독께로 돌아와서 다시 턱밑에 고추장을 들이댔다. 흥분으로 말미암아 그런지 당최 먹질 않는다.

나는 하릴없이* 닭을 반듯이 누이고 그 입에다 궐련 물부리를 물리었다. 그리고 고추장에 물을 타서 그 구멍으로 조금씩 들이부었다. 닭은 좀 괴로운지 킥킥 하고 재채기를 하는 모양이나 그러나 당장의 괴로움은 매일같이 피를 흘리는 데 델 게 아니라 생각하였다.

그러나 한 두어 종지가량 고추장 물을 먹이고 나서는 나는 고만 풀이 죽었다. 싱싱하던 닭이 왜 그런지 고개를 살며시 뒤틀고는 손아귀에서 뻐드러지는* 것이 아닌가. 아버지가 볼까 봐

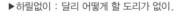 

▶하릴없이 : 달리 어떻게 할 도리가 없이.　　　　▶뻐드러지다 : 굳어서 뻣뻣하게 되다.

서 얼른 홰에다 감추어 두었더니 오늘 아침에서야 겨우 정신이 든 모양 같다.

그랬던 걸 이렇게 오다 보니까 또 쌈을 붙여 놓으니 이 망할 계집애가 필연 우리 집에 아무도 없는 틈을 타서 제가 들어와 홰에서 꺼내 가지고 나간 것이 분명하다.

나는 다시 닭을 잡아가 가두고 염려스러우나 그렇다고 산으로 나무를 하러 가지 않을 수도 없는 형편이었다.

소나무 삭정이*를 따며 가만히 생각해 보니 암만해도 고년의 목쟁이를 돌려놓고 싶다. 이번에 내려가면 망할 년 등줄기를 한번 되게 후려치겠다 하고 싱둥겅둥* 나무를 지고는 부리나케 내려왔다.

거지반* 집에 다 내려와서 나는 호드기* 소리를 듣고 발이 딱 멈추었다. 산기슭에 널려 있는 굵은 바윗돌 틈에 노란 동백 꽃이 소보록하니 깔리었다.

그 틈에 끼어 앉아서 점순이가 청승맞게시리 호드기를 불고 있는 것이다. 그보다도 더 놀란 것은, 그 앞에서 또 푸드득푸 드득하고 들리는 닭의 횃소리다. 필연코 요년이 나의 약을 올 리느라고 또 닭을 집어내다가 내가 내려올 길목에다 쌈을 시켜 놓고 저는 그 앞에 앉아서 천연스레 호드기를 불고 있음에 틀 림없으리라.

나는 약이 오를 대로 다 올라서 두 눈에서 불과 함께 눈물이

▶삭정이 : 산 나무에 붙은 채 말라죽은 작은 가지.
▶싱둥겅둥 : 건성건성. 어떤 일을 대충 대충 하는 모양.
▶거지반 : 거의 절반 가까이.
▶호드기 : 봄철에 버드나무 가지의 껍질이나 짤막한 밀짚 토막 따위로 만든 피리. 버들피리.

퍽 쏟아졌다. 나무 지게도 벗어 놀 새 없이 그대로 내동댕이치고는 지게막대기를 뻗치고 허둥지둥 달려들었다.

가까이 와 보니 과연 나의 짐작대로 우리 수탉이 피를 흘리고 거의 빈사지경*에 이르렀다. 닭도 닭이려니와 그러함에도 불구하고 눈 하나 깜짝 없이 고대로 앉아서 호드기만 부는 그 꼴에 더욱 치가 떨린다. 동리에서도 소문이 났거니와 나도 한때는 걱실걱실히* 일 잘하고 얼굴 예쁜 계집앤 줄 알았더니 시방 보니까 그 눈깔이 꼭 여우 새끼 같다.

나는 대뜸 달려들어서 나도 모르는 사이에 큰 수탉을 단매*로 때려엎었다. 닭은 푹 엎어진 채 다리 하나 꼼짝 못하고 그대로 죽어버렸다. 그리고 나는 멍하니 섰다가 점순이가 매섭게 눈을 홉뜨고 닥치는 바람에 뒤로 벌렁 나자빠졌다.

"이놈아! 너 왜 남의 닭을 때려죽이니?"

"그럼 어때?"

하고 일어나다가,

"뭐 이 자식아! 누 집 닭인데?"

하고 복장*을 떼미는 바람에 다시 벌렁 자빠졌다. 그리고 나서 가만히 생각을 하니 분하기도 하고 무안스럽기도 하고, 또 한편 일을 저질렀으니 인젠 땅이 떨어지고 집도 내쫓기고 해야 될는지 모른다. 나는 비슬비슬 일어나며 소맷자락으로 눈을 가리고는 얼김에 엉 하고 울음을 놓았다. 그러다 점순이가 앞으

▶ 빈사지경 : 거의 죽게 된 처지나 형편.
▶ 걱실걱실히 : 성질이 너그러워 말과 행동을 시원스럽게 하는 것.
▶ 단매 : 단 한 번 때리는 매.　　　　▶ 복장 : 가슴의 한복판.

로 다가와서,

"그럼, 너 이담부턴 안 그럴 테냐?"

하고 물을 때에야 비로소 살길을 찾은 듯싶었다. 니는 눈물을 우선 씻고 뭘 안 그러는지 명색도 모르건만,

"그래!"

하고 무턱대고 대답하였다.

"요담부터 또 그래 봐라, 내 자꾸 못살게 굴 테니."

"그래그래, 인젠 안 그럴 테야."

"닭 죽은 건 염려 마라. 내 안 이를 테니."

그리고 뭣에 떠다밀렸는지 나의 어깨를 짚은 채 그대로 퍽 쓰러진다. 그 바람에 나의 몸뚱이도 겹쳐서 쓰러지며 한창 피어 퍼드러진 노란 동백꽃 속으로 폭 파묻혀 버렸다.

알싸한 그리고 향긋한 그 냄새에 나는 땅이 꺼지는 듯이 온 정신이 고만 아찔하였다.

"너 말 마라?"

"그래!"

조금 있더니 요 아래서,

"점순아! 점순아! 이년이 바느질을 하다 말구 대체 어딜 갔어?"

하고 어딜 갔다 온 듯싶은 그 어머니가 역정*이 대단히 났다.

점순이가 겁을 잔뜩 집어먹고 꽃 밑을 살금살금 기어서 산 아래로 내려간 다음 나는 바위를 끼고 엉금엉금 기어서 산 위로 치빼지* 않을 수 없었다.

▶역정 : 몹시 언짢거나 못마땅하여 내는 성.　　▶치빼다 : 냅다 달아나다.

　오늘도 우리 수탉이 점순네 수탉에게 마구 쪼이며 도망다녔다. 이번에도 분명 점순이가 내 약을 올리려고 싸움을 붙였을 것이다. 그놈의 계집애가 나에게 무안을 당하더니 바짝 독이 오른 것 같다.

　나흘 전쯤인가 내가 한참 울타리를 하고 있었는데 점순이가 와서 쓸데없이 수작을 걸었다. 그러더니 손을 쑥 내밀며 구운 감자 세 알을 주었다. 나는 점순이를 쳐다보지도 않고 너나 먹으라며 타박을 주었다. 그 뒤부터 점순이는 실없이 웃으면서 내 주위에 나타나곤 하더니, 급기야 우리 수탉을 못살게 구는 것이다.

　일이 이쯤 되자 나도 오기가 생겼다. 그래서 우리 닭에게 고추장 한 접시를 먹여 점순네 수탉하고 싸움을 붙였다. 처음에는 그런 대로 싸우는 것 같더니, 결국은 또 당하고 마는 것이다. 나는 보다 못하여 우리 수탉을 붙들고 집으로 돌아왔다.

　다음날 아침, 나는 나무를 지고 산에서 집으로 내려오고 있는데 갑자기 호드기 소리가 들리는 것이었다. 노란 동백꽃이 만발한 산기슭 바윗돌 틈에 끼어 점순이가 청승맞게 호드기를 불고 있었다. 더욱 놀라운 것은 그 앞에서 닭이 화를 치는 소리가 들려오는 것이었다. 직감적으로 나는 점순이가 우리 수탉을 못살게 구는 것임을 알았다. 나는 약이 오를 대로 올라 지게를 그 자리에 내팽개치고 지게막대기를 들고 소리가 나는 곳으로 뛰어 갔다. 아닌 게 아니라 우리 수탉은 이미 초죽음이 되어 있었다. 나는 대뜸 달려들어 점순네 수탉을 지게막대기로 후려쳤다. 그놈은 꼼짝 못 하고 그 자리에 뻗어버렸다.

　점순이와 실랑이를 벌이다가 얼결에 나는 엉, 하고 울음을 놓았다. 가만히 생각하니 분하기도 하고, 괜히 무안스럽기도 하고, 또 일을 저질렀으니 꼼짝없이 쫓겨날 판이다. 그런 내게 점순이가 다가와 안 이를 테니 다음부터 그러지 말라고 한다. 나는 비로소 안도의 숨을 내쉬며 그러겠다고 대답한다. 그러자 점순이 내 어깨를 짚은 채 픽 쓰러진다. 그 바람에 나도 겹쳐서 쓰러지며 한창 피어난 노란 동백꽃 속으로 폭 파묻혀버린다.

<참고>
동백꽃 : 이 작품 속에서 말하는 동백꽃은 우리가 알고 있는 봄에 붉은 꽃이 피는 동백나무의 꽃이 아니라 늦겨울에 노란 꽃이 피는 생각나무의 꽃이라 함.

재미있게 읽었나요?

자, 이제부터는 생각하는 어린이가 되어 물음에 답해 보세요.

물음

1. 이 작품을 읽다 보면 점순이가 내 수탉을 못살게 구는 까닭을 알 수 있습니다. 그 까닭은 무엇일까요?
2. 점순이와 나의 갈등은 어떤 계기로 해소되나요?

답

1. 점순이가 나를 아주 좋아하는데 나는 그런 점순이의 마음을 몰라주기 때문.
2. 내가 점순이네 수탉을 그만 죽이고 말았는데 점순이가 안 이를 테니 나도 그러지 말라는 것에서.

들

이
효
석

■이효석(1907. 2. 23~1942. 5. 25)
소설가이고, 호는 가산입니다. 강원도 평창에서 태어나 경성제국
대학 법문학부를 졸업했고, 평양 숭실전문학교 교수를 지냈습니
다. 1928년 〈도시의 유령〉을 발표하였고, 〈마작철학〉, 〈깨뜨려지
는 홍등〉, 3부작 〈노령근해〉, 〈상륙〉, 〈북극사신〉, 〈돈(豚)〉, 〈수
탉〉, 〈분녀〉 등을 발표하였습니다. 한국현대 단편소설의 대표작인
〈메밀꽃 필 무렵〉은 그의 산문적 서정성이 가장 빼어난 작품입니
다.

■읽기 전에
〈들〉은 이효석이 《신동아》(1936. 3)에 발표한 작품입
니다. 이 작품에는 대자연의 조화에 어울려 사는 삶이
야말로 가장 인간다운 삶이라는 것을 드러내고 있습니
다. 인간과 사회, 인간과 자연의 참다운 관계를 다시
생각해 보면서 이 작품을 읽어보세요.

들

1

꽃다지 · 질경이 · 나생이 · 딸장이 · 민들레 · 솔구장이 · 쇠민장이 · 길오장이 · 달래 · 무릇 · 시금치 · 씀바귀 · 돌나물 · 비름 · 느쟁이.

들은 온통 초록 천에 덮여 벌써 한 조각의 흙빛도 찾아볼 수 없다. 초록의 바다.

초록은 흙빛보다 찬란하고 눈빛보다 복잡하다. 눈이 보얗게 깔렸을 때에는 흰빛과 능금나무의 자짓빛*과 그림자의 옥색 빛밖에는 없어 단순하기 옷 벗은 여인의 나체와 같은 것이 — 봄은 옷 입고 치장한 여인이다.

흙빛에서 초록으로 — 이 기막힌 신비에 다시 한번 놀라볼 필요가 없을까!

땅은 어디서 어느 때 그렇게 많은 물감을 먹었길래 봄이 되면 한꺼번에 그것을 이렇게 지천으로* 뻗어 놓을까. 바닷물을 고

▶자짓빛 : 자줏빛.　　　▶지천으로 : 매우 흔하게.

래같이 들이켰던가. 하늘의 푸른 정기를 모르는 결에 함빡 마셔 두었던가.

그것을 빗물에 풀어 시절이 되면 땅 위로 솟쳐 보내는 것일까. 그러나 한 포기의 풀을 뽑아 볼 때 잎새만이 푸를 뿐이지 뿌리와 흙에는 아무 물들인 자취도 없음은 웬일일까? 시험관 속 붉은 물에 약품을 넣으면 그것이 금시에 새파랗게 변하는 비밀 — 그것과도 흡사하다. 이 우주의 비밀의 약품 — 그것은 결국 알 바 없을까. 한 톨의 보리알이 열 낟*으로 나는 이치는 가르치는 이 있어도 그 보리알에서 푸른 잎이 돋는 조화의 동기는 옳게 말하는 이 없는 듯하다.

사람의 지혜란 결국 신비의 테두리를 뱅뱅 돌 뿐이요, 조화의 속의 속은 언제까지나 열리지 않는 판도라의 상자일 듯싶다. 초록 풀에 덮인 땅속의 뜻은 초록 옷을 입은 여자의 마음과도 같이 엿볼 수 없는 저 건너 세상이다.

얀들얀들 나부끼는 초목의 양자*는 부드럽게 솟은 음악. 줄기는 굵고 잎은 연한 멜로디의 마디마디이다. 부피 있는 대궁은 나팔 소리요, 가는 가지는 거문고의 음률이라고도 할까. 알레그로*가 지나고 안단테*에 들어갔을 때의 감동 — 그것이 봄의 걸음이다. 풀 위에 누워 있으면 은근한 음악의 율동에 끌려 마음이 너볏너볏 나부낀다.

꽃다지 · 질경이 · 민들레……. 가지가지 풋나물을 뜯어 먹으

▶낟 : 곡식의 알. 낟알.
▶알레그로 : (음악에서) 경쾌하고 빠르게.
▶양자 : 樣姿. 겉으로 나타나는 모양이나 모습.
▶안단테 : (음악에서) 천천히 느린 속도로.

면 몸이 초록으로 물들 것 같다. 물들어야 될 것 같다. 물들어야 옳을 것 같다. 물들지 않음이 거짓말이다. 물들지 않으면 안될 것 같다.

새가 지저귄다. 꾀꼬리일까.

지평선이 아롱거린다.

들은 내 세상이다.

2

언제까지든지 푸른 하늘을 우러러보고 있으면 나중에는 현기증이 나며 눈이 둘러빠질 듯싶다. 두 눈을 뽑아서 푸른 물에 이윽히 채웠다가 레모네이드 병 속의 구슬같이 차진 놈을 다시 살 속에 박아 넣은 것과도 같이 눈망울이 차고 어리어리하고 푸른 듯하다. 살과는 동떨어진 유리알이다. 그렇게도 하늘은 맑고 멀다. 눈이 아픈 것은 그 하늘을 발칙하게도 오랫동안 우러러본 벌인 듯싶다. 확실히 마음이 죄송스럽다. 반나절 동안 두려움 없이 하늘을 똑바로 치어다볼 수 있는 사람이란 세상에서도 가장 착한 사람이거나 그렇지 않으면 가장 용기 있는 악한이어야 할 것이다. 그렇게도 푸른 하늘은 거룩하다.

눈을 돌리면 눈물이 푹 쏟아진다. 벌판이 새파랗게 물들어 눈앞에 아물아물한다. 이런 때에는 웬일인지 구름 한 점도 없다. 곁에는 한 묶음의 꽃이 있다. 오랑캐꽃·고들빼기·노고초·새고사리·까치무릇·대계·마타리·미치광이. 나는 그것들을 섞어 틀어 꽃다발을 겯기* 시작한다. 각색 꽃판과 꽃술이 무릎 위에 지천으로 떨어진다. 그것은 헤어지는 석류알보다도 많다.

나는 들이 언제부터 이렇게 좋았는지를 모른다. 지금에는 한 그릇의 밥, 한 권의 책과 똑같은 지위를 마음속에 차지하게 되었다. 책에서 읽은 이론도 아니요 얻어들은 이치도 아니요 몇 해 동안 하는 일 없이 들과 벗하고 지내는 동안에 이유없이 그것은 살림 속에 푹 젖었던 것이다. 어릴 때에 동무들과 벌판을 헤매며 찔레를 꺾으러 가시덤불 속에 들어가고, 소똥버섯을 따다 화로 속에 굽고 메를 캐러 밭이랑을 들치며 골로 말을 만들어 끌고 다니느라고 집에서보다도 들에서 더 많이 날을 지우던 — 그때가 다시 부활하여 돌아온 셈이다. 사람은 들과 떼려야 뗄 수 없는 인연에 있는 것 같다.

자연과 벗하게 됨은 생활에서의 퇴각을 의미하는 것일까. 식물적 애정은 반드시 동물적 열정이 진한* 곳에 오는 것일까. 학교를 쫓겨나고 서울을 물러오게 된 까닭으로 자연을 사랑하게 된 것일까. 그러나 동무들과 골방에서 만나고, 눈기이어* 거리를 돌아치다 붙들리고, 뛰다 잡히고 쫓기고 — 하였을 때의 열정이나 지금에 들을 사랑하는 열정이나 일반이다. 지금의 이 기쁨은 그때의 그 기쁨과도 흡사한 것이다. 신념에 목숨을 바치는 영웅이라고 인간 이상이 아닐 것과 같이 들을 사랑하는 졸부라고 인간 이하는 아닐 것이다. 아직도 굳은 신념을 가지

▶겯다 : 풀어지지 않도록 서로 어긋매끼게 끼우다. 엮다. 짜다.   ▶진하다 : 다하여 없어지다.
▶눈기이다 : 옳지 못한 일을 남의 눈을 속여 슬쩍 하다.

면서 지난날에 보낸 책들을 들척거리다가도 문득 정신을 놓고 의미 없이 하늘을 우러러보는 때가 많다.

"학보, 이제는 고향이 마음에 붙는 모양이지."

마을 사람들은 조롱도 아니요 치사도 아닌 이런 말을 던지게 되었고 동구 밖에서 만나는 이웃집 머슴은 인사 대신에 흔히,

"해동지 늪에 붕어 떼 많던가?"

라며 고기 사냥 갈 궁리를 하거나 그렇지 않으면,

"십리성 보리 고개 숙었던가?"

하고 곡식의 소식을 묻게 되었다.

마을 사람들보다도 내가 더 들과 친하고 곡식의 소식을 잘 알게 되었다는 증거이다.

나는 책을 외우듯이 벌판의 구석구석을 샅샅이 외우고 있다. 마음속에는 들의 지도가 세밀히 박혀 있고 사철의 변화가 표같이 적혀 있다. 나는 들사람이요, 들은 내 것과도 같다.

어느 논 두덩의 청대콩이 가장 진미이며, 어느 이랑의 감자가 제일 굵다는 것을 알 수 있다. 새발고사리가 많이 피어 있는 진펄과 종달새 뜨는 보리밭을 짐작할 수 있다. 남대천 어느 모퉁이를 돌 때 가장 고기가 흔하다는 것도 알게 되었다. 개리, 쇠리, 불거지가 덕실덕실 끓는 여울과 메기, 뚝구뱅이가 잠겨 있는 웅덩이와 쏘가리, 꺽지가 누워 있는 바위 밑과 — 매재와 고들매기를 잡으려면 철교께서도 몇 마장*을 더 올라가야 한다는 것과 쇠치네와 기름종개를 뜨려면 얼마나 벌판을 나가야 될

▶마장 : 거리의 단위. 오 리나 십 리 못되는 거리를 이를 때, '리' 대신 쓴다.

것을 안다. 물 건너 귀룽나무 수풀과 방치골 으름덩굴 있는 곳을 아는 것은 아마도 나뿐일 듯싶다.

학교를 퇴학 맞고 처음으로 도회를 쫓겨 내려왔을 때에 첫걸음으로 찾은 곳은 일갓집도 아니요 동무집도 아니요, 실로 이 들이었다. 강가의 사시나무가 제대로 있고 버들 숲 둔덕의 잔디가 헐리우지 않았으며 과수원의 모습이 그대로 남은 것을 보았을 때의 기쁨이란 형언할 수 없이 큰 것이었다. 고향을 그리워하는 마음이란 곧 산천을 사랑하고 벌판을 반가워하는 심정이 아닐까. 이런 자연의 풍물을 내놓고야 고향의 그림자가 어디에 알뜰히 남아 있는가. 헐리어 가는 초가지붕에 남아 있단 말인가. 고향을 꾸미는 것은 사람이면서도 그리운 것은 더 많이 들과 시냇물이다.

<h2 style="text-align:center">3</h2>

시절은 만물을 허랑하게* 만드는 듯하다.

짐승은 드러내 놓고 모든 것을 들의 품속에 맡긴다.

억새풀 숲에서 새 둥우리를 발견한 것을 나는 말할 수 없이 기쁘게 여겼다. 거룩한 것을 — 아름다운 것을 — 찾은 느낌이다. 집과 가족들을 송두리째 안심하고 땅에 맡기는 마음씨가 거룩하다. 풀과 깃을 모아 두툼하게 겯은 둥우리 안에는 아직까지 않은 알이 너덧 알 들어 있다. 아롱아롱 줄이 선 풋대추만

▶ 허랑하다 : 말이나 상황 따위가 허황하고 착실하지 못하다.

큼씩 한 새알. 막 뛰어나려는 생명을 침착하게 간직하고 있는 얇은 껍질 — 금시에 딸깍 두 조각으로 깨뜨러질 모태 — 창조의 보금자리 — .

그 고요한 보금자리가 행여나 놀라고 어지럽혀질까를 두려워하여 둥우리 기슭에 손가락 하나 대기조차 주저되어 나는 다만 한참 동안이나 물끄러미 바라보고 섰다가 풀포기를 제대로 덮어 놓고 감쪽같이 발을 옮겨 놓았다. 금시에 알이 쪼개지며 생명이 돋아날 듯싶다. 등 뒤에서 새가 푸드득 날아 뜰 것 같다. 적막을 깨뜨리고 하늘과 들을 놀래며 푸드득 날았다 — 생각에 마음이 즐겁다.

그렇게 늦게 까는 것이 무슨 새일까. 청새일까. 덤불지일까. 고요하게 뛰노는 기쁜 마음을 걷잡을 수 없어 목소리를 내서 노래라도 부를까 느끼며 둑 아래로 발을 옮겨 놓으려다 문득 주춤하고 서 버렸다.

맹랑한 것이 눈에 뜨인 까닭이다. 껄껄 웃고 싶은 것을 참고 풀 위에 주저앉았다. 그 웃고 싶은 마음은 노래라도 부르고 싶던 마음의 연장인지도 모른다. 다시 말하면 그 맹랑한 풍경이 나의 마음을 노엽히거나 모욕한 것이 아니요, 도리어 아까와 똑같은 기쁨을 자아내게 한 것이다. 일반적으로 창조의 기쁨을 보여 준 것이다.

– 중략 –

돌멩이가 날리더니 이윽고 호탕스런 웃음소리가 왈칵 터지며 아래편 숲 속에서 사람의 그림자가 덥석 뛰어나왔다. 빨래 함지를 인 채 한 손으로는 연해 자웅을 쫓으면서 어깨를 떨며 웃음을 금할 수 없다는 자세였다.

그 돌연한 인물에 나는 놀랐다. 한편 엉겼던 마음이 풀리기도 하였다. 옥분이었다. 빨래를 하고 나자 그 광경임에 마음 속 은밀히 흠뻑 그것을 즐기고 난 뒤인 모양이었다. 그러나 나의 놀람보다도 옥분이가 문득 나를 보았을 때의 놀람 — 그것은 몇 곱절 더 큰 것이었다. 별안간 웃음을 뚝 그치고 주춤 서는 서슬에 머리에 이었던 함지가 왈칵 떨어질 판이었다. 얼굴의 표정이 삽시간에 검붉게 질려 굳어졌다. 눈알이 땅을 향하고 한편 손이 어쩔 줄 몰라 행주치마를 의미 없이 꼬깃거렸다.

별안간 깊은 구덩이에 빠진 것과도 같은 그의 궁착한 처지와 데인 마음을 건져 주기 위하여 나는 마음에도 없는 목소리를 일부러 자아내어 관대한 웃음을 한바탕 웃으면서 그의 곁으로 내려갔다.

"빌어먹을 즘생*들!"

마음에도 없는 책망이었으나 옥분의 마음을 풀어 주자는 뜻이었다.

"득추 녀석쯤이 너를 싫달 법 있니. 주제넘은 녀석!"

이어 다짜고짜로 그의 일신의 이야기를 집어낸 것은 그의 주의를 다른 곳으로 돌리자는 생각이었다. 군청 고원* 득추는 일

▶즘생 : '짐승'의 사투리.　　▶고원 : 관리 보조인으로 임시 채용된 하급 사무원.

껀 옥분과 성혼이 된 것을 이제 와서 마다고 투정을 내고 다른 감을 구하였다. 옥분의 가세가 빈한하여* 들고날 판이므로 혼인한 뒤에 닥쳐올 여러 가지 귀치않은* 거래를 염려하여 파혼한 것이 확실하다. 득추의 그런 꾀바른* 마음씨를 나무라는 것은 나뿐이 아니었다. 마을사람들은 거개* 고원의 불신을 책하였다.

"배반을 당하고 분하지도 않으냐."

"보른다."

옥분은 도리어 짜증을 내며 발을 떼 놓았다.

"그 녀석 한번 혼내 줄까."

웬일인지 그에게로 쏠리는 동정을 금할 수 없다.

"쓸데없는 짓 할 것 있니."

동정의 눈치를 알면서도 시침을 떼는 옥분의 마음씨에는 말할 수 없이 그윽한 것이 있어 그것이 은연중에 마음을 당긴다.

− 중략 −

4

일요일인 까닭에 오래간만에 문수와 함께 둑 위에서 하루를 보낼 수 있었다. 날마다 거리의 학교에 가야 하는 그를 자주 붙

▶빈한하다 : 살림이 가난하여 집안이 쓸쓸하다.　　▶귀치않다 : 귀찮다.
▶꾀바르다 : 어려운 일이나 난처한 경우를 잘 피하거나 약게 처리하는 꾀가 많다.
▶거개 : 거의 대부분.

들어 낼 수는 없다. 일요일이 없는 나에게도 일요일이 있는 것이다.

바다를 바라볼 수 있는 둑에 오르면 마음이 활짝 열리는 듯이 시원하다. 바닷바람이 아직 조금 차기는 하나 신선한 맛이다. 잔디밭에는 간간이 피지 않은 해당화 봉오리가 조촐하게 섞였으며 둑 맞은편에 군데군데 모여 선 백양나무 잎새가 햇빛에 반짝반짝 나부껴 은가루를 뿌린 것 같다.

문수는 빌려 갔던 몇 권의 책을 돌려주고 표해 두었던 몇 구절의 뜻을 질문하였다. 나는 그에게는 하루의 선배인 것이다. 간독하게* 뛰어* 주는 것이 즐거운 의무도 되었다.

'공부'가 끝난 다음 책을 덮어두고 잡담에 들어갔을 때에 문수는 탄식하는 어조였다.

"학교가 점점 틀려 가는 모양이다."

구체적 실례를 가지가지 들고 나중에는 그 한 사람의 협착한* 처지를 말하였다.

"책 읽는 것까지 들키었네. 자네 책도 뺏길 뻔했어."

짐작되었다.

"나와 사귀는 것이 불리하지 않은가."

"자네 걸은 길대로 되어 나가는 것이 뻔하지. 차라리 그 편이 시원하겠네."

너무 궁박한 현실 이야기만도 멋없어 두 사람은 무릎을 툭 털

▶간독하다 : 정성스럽고 돈독하다.
▶뙤다 : 모르는 사실을 깨달아 알도록 암시를 주다. 똥기다.
▶협착하다 : 하여 있는 사정이나 형편이 매우 어렵다.

고 일어서 기분을 가다듬고 노래를 불렀다. 아는 말 아는 곡조를 모조리 불렀다.

　노래가 진하면 번갈아 서서 연설을 하였다. 눈앞에 수많은 대중을 가상하고 목소리를 다하여 부르짖어 본다. 바닷물이 수물거리나* 어쩌나, 새들이 놀라서 떨어지나 어쩌나를 시험하려는 듯이도 높게 고함쳐 본다. 박수하는 사람은 수만의 대중 대신에 한 사람의 동무일 뿐이나 지껄이는 동안에 정신이 흥분되고 통쾌하여 간다. 훌륭한 공부 이외 단련이다.

　협착한 땅 위에 그렇게 자유로운 벌판이 있음이 새삼스러운 놀람이다. 아무리 자유로운 말을 외쳐도 거기에서만은 '중지'를 당하는 법이 없으니까 말이다. 땅 위는 좁으면서도 넓은 셈인가.

　둑은 속 풀리는 시원한 곳이며, 문수와 보내는 하루는 언제든지 다시없이 즐거운 날이다.

5

　과수원 철망 너머로 엿보이는 철 늦은 딸기 — 잎새 사이로 불긋불긋 돋아난 송이, 굵은 양딸기 — 지날 때마다 건강한 식욕을 참을 수 없다.

　더구나 달빛에 젖은 딸기의 양자란 마치 크림을 끼얹은 것과도 같이 한층 부드럽게 빛난다.

▶수물거리다 : 한군데 많이 모여 자꾸 움직이다.

탐나는 열매에 눈독을 보내며 철망을 넘기에 나는 반드시 가책과 반성으로 모질게 마음을 매질하지는 않았으며 그럴 필요도 없었다. 그것이 누구의 과수원이든 간에 철망을 넘는 것은 차라리 들사람의 일종의 성격이 아닐까.

들사람은 또한 한편 그것을 용납하고 묵인하는 아량도 가지고 있는 것이다. 나는 몇 해 동안에 완전히 이 야취*의 성격을 얻어버린 것 같다.

흐붓한* 송이를 정신없이 따서 입에 넣으면서도 철망 밖에서 다만 탐내고 보기만 할 때보다 한층 높은 감동을 느끼지 못하게 됨은 되려 웬일일까. 입의 감동이 눈의 감동보다 떨어지는 탓일까. 생각만 할 때의 감동이 실상 당하였을 때의 감동보다 항용 더 나은 까닭일까. 나의 욕심을 만족시키기에는 불과 몇 송이의 딸기가 필요할 뿐이었다. 차라리 벌판에 지천으로 열려 언제든지 딸 수 있는 들딸기 편이 과수원 안의 양딸기보다 나음을 생각하며 나는 다시 철망을 넘었다.

멍석딸기 · 중딸기 · 장딸기 · 나무딸기 · 감대딸기 · 곰딸기 · 따딸기 · 배암딸기……

능금나무 그늘에 난데없는 사람의 그림자를 발견하자 황급히 뛰어넘다 철망에 걸려 나는 옷을 찢었다. 그러나 옷보다도 행여나 들키지나 않았나 하는 염려가 앞서 허둥허둥 풀 속을 뛰다가 또 공교롭게도 그가 옥분임을 알고 마음이 일시에 턱 놓

▶야취 : 아름다운 자연에서 느끼는 흥취.
▶흐붓하다 : '흐벅지다'에서 파생된 말로 여겨지며, 탐스러울 정도로 두툼하고 부드럽다. 또는 양이 많다 라는 뜻을 지니고 있다.(경북매일, 참 다행이어라 기사 내용 참고.)

였다. 그 역* 딸기밭을 노리고 있던 터가
아닐까? 철망 기슭을 기웃거리며 능금나
무 아래 몸을 간직하고 있지 않았던가.

– 중략 –

6

며칠이 지나도 여전히 귀치않은 생각이 머리 속에 뱅 돈다.
어수선한 마음을 활짝 씻어 버릴 양으로 아침부터 그물을 들고
집을 나섰다.

그물을 후릴 곳을 찾으면서 남대천 물줄기를 따라 올라간 것
이 시적시적* 걷는 동안에 어느덧 철교께서도 근 십 리를 올라
가게 되었다. 아무 고기나 닥치는 대로 잡으려던 것이 그렇게
되고 보니 불현듯이 고들매기를 후려 볼 욕심이 솟았다.

고기 사냥 중에서도 가장 운치 있고 흥 있는 고들매기 사냥에
나는 몇 번인지 성공한 일이 있어 그 호젓한 멋을 잘 안다. 그
중 많이 모여 있을 듯이 보이는 그럴듯한 여울을 점쳐 첫 그물
을 던져 보기로 하였다.

산속에 오목하게 둘러싸인 개울 — 물도 맑거니와 물소리도 맑
다. 돌을 굴리는 여울 소리가 티끌 한 점 있을 리 없는 공기와 초
목을 영롱하게 울린다. 물속에 노는 고기는 산신령이나 아닐까.

▶역 : 역시.   ▶시적시적 : 힘들이지 않고 느릿느릿 행동하거나 말하는 모양.

옷을 활짝 벗어 붙이고 그물을 메고 물속에 뛰어들었다. 넉넉히 목욕을 할 시절임에도 워낙 산골물이라 뼈에 차다. 마음이 한꺼번에 씻겨졌다기보다도 도리어 얼어붙을 지경이다. 며칠 내로 내려오던 어수선한 생각이 확실히 덜해지고 날아갔다고 할까. 그러나 그러면서도 마지막 한 가지 생각이 아직도 철사같이 가늘게 꿰뚫고 흐름을 속일 수는 없었다.

– 중략 –

생각은 다시 솔솔 풀린다. 물이 찰수록 생각도 점점 차게만 들어간다.

물이 다리목을 넘게 되었을 때 그쯤에서 한 훑기 던져 보려고 그물을 펴 들고 물속을 가늠 보았다. 속물이 꽤 세어 다리를 훌친다. 물때 끼인 돌멩이가 몹시 미끄러워 마음대로 발을 디딜 수 없다. 누르칙칙한 물속이 정확히 보이지 않는다. 몇 걸음 아래편은 바위요 바위 아래는 소*가 되어 있다.

그물을 던질 때의 호흡이란 마치 활을 쏠 때의 그것과도 같이 미묘한 것이어서 일종의 통일된 정신과 긴장된 자세를 요구하는 것임을 나는 경험으로 잘 안다. 그러면서도 그때 자칫하여 기어이 실수를 하게 된 것은 필시 던지는 찰나까지도 통일되지 못한 마음이 어수선하고 정신이 까딱거렸음이 확실하다.

몸이 휘뚱하고 휘더니 팽팽하게 날아야 할 그물이 물 위에 떨

▶소 : 호수보다 물이 얕고 진흙이 많으며 침수 식물이 무성한 곳. 늪.

어지자 어지럽게 흩어졌다. 발이 미끄러져 센 물결에 다리가 쓸리니까 그물은 손을 빠져 달아났다. 물속에 넘어져 흐르는 몸을 아무리 버둥거려야 곧추 일으키는 장사 없었다. 생각하면 기가 막히나 별수 없이 몸은 흐를 대로 흐르고야 말았다.

바위에 부딪쳐 기어코 소에 빠졌다. 거품을 날리는 폭포 속에 송두리째 푹 잠겼다가 휘엿이 솟으면서 푸른 물속을 뱅 돌았다. 요행 헤엄의 습득이 약간 있던 까닭에 많은 고생 없이 허부적거리고 소를 벗어날 수는 있었다.

면상과 어깻죽지에 몇 군데 상처가 있었다. 피가 돋았다. 다리에는 군데군데 시퍼렇게 멍이 들어 있음을 보았다. 잃어버린 그물은 어느 줄기에 묻혀 흐르는지 알 바도 없거니와 찾을 용기도 없었다. 고들매기는 물론 한 마리도 손에 쥐어 보지 못하였다.

귀가 메이고 코에서는 켰던 물이 줄줄 흘렀다. 우연히 욕을 당하게 된 몸뚱아리를 훑어보며 나는 알 수 없는 부끄러움을 느꼈다. 별안간 옥분의 몸이 — 향기가 눈 앞에 흘러왔다. 비밀을 가진 나의 몸이 다시 돌아 보이며 한동안 부끄러운 생각이 쉽게 꺼지지 않았다.

7

문수는 기어코 학교를 쫓겨났다. 기한 없는 정학 처분이었으나 영영 몰려난 것과 같은 결과이다. 덕분에 나도 빌려주었던

책권*을 영영 빼앗긴 셈이 되었다.

차라리 시원하다고 문수는 거드름 부렸으나 시원하지 않은 것은 그의 집안사람들이다. 들볶는 바람에 그는 집을 피하여 더 많이 나와 지내게 되었다. 원망의 물줄기는 나에게까지 튀어 왔다. 나는 애매하게도 그를 타락시켜 놓은 안된 놈으로 몰릴 수밖에는 없다.

별수 없이 나날을 들과 벗하게 되었다. 나는 좋은 들의 동무를 읽은 셈이나.

풀밭에 서면 경주를 하고 시냇가에 서면 납작한 돌을 집어 물 위에 수제비를 뜨기가 일쑤이다. 돌을 힘껏 던져 그것이 물위에 뛰어가는 뜀 수를 세는 것이다. 하나 둘 셋 넷 다섯 여섯 열곱 여덟 ─ 이 최고 기록이다. 돌은 굴러갈수록 걸음이 좁아지고 빨라지다 나중에는 깜박 물속에 꺼진다. 기차가 차차 멀어지고 작아지다 산모퉁이에 깜박 사라지는 것과도 같다. 자미*있는 장난이다. 나는 몇 번이고 싫지 않게 돌을 집어 시험하는 것이었다.

팔이 축 처지게 되면 다시 기운을 내어 모래밭에 겯고 서서 씨름을 한다. 힘이 비등하여 승패가 상반이다. 떠밀기도 하고 샅바씨름도 하고 잡아 나꾸기도 하고 ─ 다리걸이·딴죽치기 ─ 기술도 차차 늘어 가는 것 같다.

"세상에서 제일 장하고, 제일 크고, 제일 아름답고, 제일 훌륭하고, 제일 바른 것이 무엇이냐."

▶책권 : 책의 권이라는 뜻으로, 구체적인 책 하나하나를 이르는 말.　　▶자미 : 재미.

되고 말고 수수께끼를 걸고,

"힘이다!"

라고 껄껄껄껄 웃으면 오장육부가 물에 헤운* 듯이 시원한
것이다. 힘 — 무슨 힘이든지 좋다. 씨름을 해 가는 동안에 우
리는 힘에 대한 인식을 한층 더 새롭혀 갔다. 조직의 힘도 장하
거니와 그것을 꾸미는 한 사람의 힘이 크다면 더한층 아름다운
것이 아닐까!

▶헤우다 : '헹구다'의 사투리.

8

문수와 천렵*을 나섰다.

그물을 잃은 나는 하는 수 없이 족대를 들고 쇠치네* 사냥을 하러 시냇물을 훑어 내려갔다.

벌판에 냄비를 걸고 뜬 고기를 끓이고 밥을 지었다.

먹을 것이 거의 준비되었을 때 더운 판에 목욕을 들어갔다.

땀을 씻고 때를 흘리고는 깊은 곳에 들어가 물장구와 가댁질*이다. 어린아이 그대로의 순진한 마음이 방울방울 날리는 물방울과 함께 하늘을 휘덮었다가는 쏟아지는 것이다.

– 중략 –

9

무더운 날이 계속된다.

이런 때 마을은 더한층 지내기 어렵고 역시 들이 한결 낫다.

낮은 낮으로 해 두고 밤을 — 하룻밤을 온전히 들에서 보낸 적이 없다.

우리는 의논하고 하룻밤을 들에서 야영하기로 하였다.

들의 밤은 두려운 것일까 — 이런 의문도 있었기 때문이다.

▶천렵 : 냇물에서 고기잡이 하는 일.   ▶쇠치네 : '미꾸라지'의 사투리.
▶가댁질 : 서로 피하고 잡고하며 뛰노는 아이들의 장난.

이왕 의가 통한 후이니 이후로는 옥분이도 데려다가 세 사람이 일단의 '들의 아들'이 되었으면 하는 문수의 의견이었으나 나는 그것을 일종의 악취미라고 배척하였다. 과거의 피차 정의*는 정의로 하여 두고 단체 생활에는 역시 두 사람이 적당하며 수효가 셋이면 어떤 경우에든지 반드시 기울고 불안정하다는 의견을 가지고 있기 때문이다. 그러나 그것도 결국 나의 야성이 철저치 못한 까닭이 아닐까.

어떻든 두 사람은 들 복판에서 해를 넘기고 어둡기를 기다리고 밤을 맞이하였다.

불을 피우고 이야기하였다.

이야기가 장황하기 때문에 불이 마저 스러질 때에는 마을의 등불도 벌써 다 꺼지고 개 짖는 소리도 수습된 뒤였다. 별만이 깜박거리고 바닷 소리가 은은할 뿐이다.

어둠은 깊고 넓고 무한하다.

창조 이전의 혼돈의 세계는 이러하였을까.

무한한 적막 — 지구의 자전 공전의 소리도 들리지는 않는 것이다.

공포 — 두려움이란 어디서 오는 감정일까?

어둠에서도 적막에서도 오지는 않는다.

우리는 일부러 두려운 이야기, 무서운 이야기로 마음을 떠보았으나 이렇다한 새삼스러운 공포의 감정이라는 것은 솟지 않았다.

▶정의 : 서로 사귀어 친해진 정. 우정.

위에는 하늘이요, 아래는 풀이요 — 주위에 어둠이 있을 뿐이지 모두가 결국 낮 동안의 계속이요 연장일 뿐이다. 몸에 소름이 돋는 법도 마음이 떨리는 법도 없다.

서로 눈만 말똥거리다가 피곤하여 어느 결엔지 잠이 들어 버렸다.

단잠을 깨었을 때는 아침 해가 높은 후였다.

야영의 밤은 시원하였을 뿐이요 공포의 검은 새는 결국 잡지 못하였다.

10

그러나 공포는 왔다.

그것은 들에서 온 것이 아니요 마을에서 — 사람에게서 왔다.

공포를 만드는 것은 자연이 아니요, 사람의 사회인 듯싶다.

문수가 돌연히 끌려간 것이다.

학교 사건의 뒤맺이인 듯하다.

이어 나도 들어가게 되었다.

나 혼자에 대하여 혹은 문수와 관련하여 여러 가지 질문을 받았다.

사흘 밤을 지우고 쉽게 나왔으나 문수는 소식이 없다. 오랠 것 같다.

여러 가지 재미있는 여름의 계획도 세웠으나 혼자서는 하릴

없다.

가졌던 동무를 잃었을 때의 고독이란 큰 것이다.

들에서 무료히 지내는 날이 많다.

심심파적*으로 옥분을 데려올까도 생각되나 여러 가지로 거리끼고 주체스런 일이다. 깨끗한 것이 좋을 것 같다.

별수 없이 녀석이 하루라도 속히 나오기를 충심으로 바랄 뿐이다.

나오거든 풋콩을 실컷 구워 먹이고 기름종개를 많이 떠먹이고 씨름해서 몸을 불려 줄 작정이다.

들에는 도라지꽃이 맑고 개나리꽃이 장하다.

진펄의 새발고사리도 어느덧 활짝 피었다.

해오라기가 가끔 조촐한 자태로 물가에 내린다.

시절이 무르녹았다.

▶심심파적 : 심심함을 잊고 시간을 보내기 위하여 어떤 일을 함.

줄거리

들은 온통 초록으로 덮여 벌써 한 조각의 흙도 찾아볼 수 없다. 초록의 바다 그 자체이다. 결국 사람의 지혜란 이 신비의 테두리에서 맴도는 것일 뿐, 조화의 속은 언제까지나 열리지 않는 신비의 판도라 상자인 듯싶다. 내가 언제부터 들을 좋아했는지 알 수 없는 노릇이다. 나는 책을 외우듯 벌판의 구석구석을 샅샅이 외우고 있다. 한마디로 나는 들사람이요, 들은 내 것과도 같다. 학교를 퇴학당하고 쫓겨 내려왔을 때에도 제일 처음 찾은 곳도 바로 여기 들이었다. 새 풀숲에서 새 둥지를 발견하였다. 뭔가 거룩한 것을, 아름다운 것을 찾은 느낌이다. 나는 그 창조의 보금자리를 한참 동안 물끄러미 바라보다가 풀 포기를 제대로 덮어놓고 발을 옮겼다. 막 둑 아래로 내려 가려는데 이상한 것이 보였다. 개울녘 풀밭에서 한 쌍의 개가 장난치고 있는 것이다. 그놈들은 도무지 부끄러워하지 않고, 꺼리지 않고, 마음의 자유를 표현하고 있다. 부끄러운 것은 오히려 이쪽이라고나 할까. 어디에선가 돌멩이가 개들한테 날아들었다. 고개를 돌려 쳐다 보니 득추와 정혼했다가 파혼한 옥분이가 빨래 함지를 인 채 서 있었다. 나는 옥분이가 이 상황이 얼마나 난처할까 싶어 쓸데없는 능청을 부렸다.

달빛이 비치는 어느 날 밤, 나는 양딸기 밭에 몰래 들어갔다. 과수원을 지나가면서 철망 너머로 엿보이는 양딸기를 볼 때마다 건강한 식욕을 느꼈던 것이다. 그러나 이런 나의 욕심을 만족시키는 데는 불과 몇 송이의 양딸기면 족했다. 문제는 입의 감동이 눈의 감동보다 못하다는 것이다.

차라리 그럴 바에에 지천에 깔려 있는 들딸기가 훨씬 낫지 않은가.

그런 생각을 하며 나는 과수원 철망을 넘는데, 능금나무 그늘에 난데없이 사람의 그림자가 비쳤다. 행여 들킨 것은 아닐까 하는 생각에 허둥지둥 풀 속으로 뛰어들었는데, 공교롭게도 그 그림자는 옥분이었다. 이 두 번째 기이한 만남, 하지만 내 마음은 아주 편안하고 자연스러웠다. 옥분이 역시 그런 것 같았다. 전날의 기묘한 만남이 서로의 마음을 열어놓았나 보다.

학교에서 쫓겨난 문수와 나는 천렵을 갔다.

문수가 돌연히 끌려 갔다. 나도 조사를 받고 삼일 만에 돌아왔다. 학교 사건 때문이었다. 공포와 두려움이란 그렇게 왔다. 공포와 두려움이란 역시 자연이 만드는 것이 아니라, 사람이 만드는 것이다. 들은 시절로 무르녹았다.

재미있게 읽었나요?

자, 이제부터는 생각하는 어린이가 되어 물음에 답해 보세요.

물음

1. 이 작품에서 공포를 만드는 것은 징직 무엇이라고 했을까요?

2. 이 작품에서 글쓴이가 말하고자 하는 주제는 무엇인가요?

답

1. 사람의 사회.

2. 인간이 대자연과 동화를 이루어 살아가는 삶이 참다운 삶이다는 것.

가실

이
광
수

■ 이광수(1892~1950. 10. 25)

시인이자 소설가이며, 문학평론가이고 사상가입니다. 평안북도 정
주에서 태어났습니다. 한국 근대문학의 선구자로 계몽주의, 민족
주의 문학가입니다. 1919년 〈조선청년독립단선언서(2.8독립선언
서)〉를 쓰고, 《독립신문》 주필로 활동하였습니다. 소설집으로 〈개
척〉, 〈재생〉, 〈마의태자〉, 〈단종애사〉, 〈혁명가의 아내〉 등이 있
고, 수필집으로 〈금강산유기〉, 〈인생의 향기〉, 〈반도강산〉 등이
있습니다.

■ 읽기 전에

〈가실〉은 이광수가 《동아일보》(1923. 2)에 발표한 작
품입니다. 사랑하는 처녀의 아버지 대신 전장에 나간
가실이 포로가 되어 전전하면서도 처녀와의 약속을 지
키기 위해 고국으로 돌아온다는, 거룩한 사랑과 따뜻
한 인간애의 감동이 담겨져 있습니다.

가실

1

때는 김유신이 한창 들날리던 신라 말이다.

가을 볕이 째듯이 비치인 마당에는 벼 낟가리*, 콩 낟가리, 모밀 낟가리들이 우뚝우뚝 섰다. 마당 한쪽에는 겨우내 때일 통나무더미가 있다. 그 나무더미 밑에 어떤 열예닐곱 살 된 어여쁘고도 튼튼한 처녀가 통나무에 걸터앉아서 남쪽 한길을 바라보며 울고 있다.

이때에 어떤 젊은 농군 하나가 큰 도끼를 메고 마당으로 들어오다가, 처녀가 앉아 우는 것을 보고 우뚝 서며,

▶낟가리 : 곡식을 쌓은 더미.

"아기, 왜 울어요?"

하고 은근한 목소리로 묻는다. 처녀는 깜짝 놀라는 듯이 한길을 바라보던 눈물 고인 눈으로 그 젊은 농군을 쳐다보고 가만히 일어나며,

"나라에서 아버지를 부르신대요."

하고 치마 고름으로 눈물을 씻으며 우는 양을 감추려는 듯이 외면을 하고 돌아서니, 길게 땋아 늘인 검은 머리가 보인다.

"나라에서 부르셔요?"

"네, 내일 아침에 고을로 모이라고, 아까 관인이 와서 이르고 갔어요."

젊은 농군은 무엇을 생각하는 것 같더니,

"고구려 군사가 북한산성을 쳐들어온다더니, 그래 부르남."

하고 도끼를 거기 놓고 다른 집에를 갔다가 오더니,

"여러 사람 불렀다는데요. 제길, 하루나 편안할 날이 있어야지. 젊은 사람은 다 죽고, 이제는 늙은이까지 내다 죽이려나 언제나 쌈을 아니하고 사는 세상이 온담."

하고 처녀의 느껴 우는 어깨를 바라본다. 처녀는 고개도 아니 돌리고,

"가실씨는 안 뽑혔어요?"

하고 묻는다. 가실은 그 젊은 농군의 이름이다.

"명년 봄에야 나도 부르겠지요. 아직은 나이가 한 살 부족하니까 남겨 놓는 게지요."

하고 팔짱을 끼고 한참 생각하더니,

"아버지는 어디 가셨소?"

한다.

"고을에 들어가셨어요. 원님한테 말이나 해본다고. 늙기도
하고, 몸에 병도 있고, 또 어린 딸자식밖에 없으니, 안 가게 해
달라고 발괄*이나 한다고, 그리고 아까 가셨어요. 이제는 오
실 때가 되었는데⋯⋯."

하고 또 한길을 바라본다.

▶발괄 : 간절히 청해 빌다.

"말하면 되나요! 나라에서 사정을 볼 줄 아나요!"

하고 도끼를 들고 나무더미에서 통나무를 내려 장작 패기를 시작한다.

처녀는 놀란 듯이 눈물에 젖은 눈을 동그랗게 뜨면서,

"장작은 왜 패세요?"

하고 가실 곁으로 한 걸음 가까이 간다.

"우리 장작을 막 다 패고 왔어요. 영감님이 힘이 드시겠기에 좀 패 드릴 양으로."

하고 뚝 부르걷은 싯뻘건 두 팔을 머리 위에 잔뜩 높이 들었다가 '췌' 소리를 치며 내리치니, 쩍쩍 소리가 나며 통나무가 쪼개어져서 장작개비가 가로 세로 뛴다.

처녀는 우두커니 서서 가실의 볕에 글은 허리가 굽혔다 폈다가 하는 양과 싯뻘건 두 팔뚝이 오르락내리락하는 것과 순식간에 자기 앞에 허연 장작더미가 쌓이는 것을 보고 섰더니, 무슨 생각이 난 듯이 사립문으로 뛰어 들어간다.

이윽고 처녀는 큰 사발에 뿌연 막걸리를 걸러 가지고 나와서 가실이가 패던 토막을 다 패기를 기다려,

"술 한 잔 잡수셔요."

하고 사발을 두 손으로 받들어 가실에게 준다.

가실은 도끼를 나무통에 턱 박아 놓고, 한편 팔굽이로 이마에 맺힌 구슬땀을 씻으면서 한 편 팔로 사발을 받아 든다.

"웬 술이 있어요?"

하고 그 힘있고도 유순한 눈으로 술을 물끄러미 들여다본다.

"콩 걷는 날 했던 술이 항아리 밑에 좀 남았기에 새로 물을 길어다가 걸렀어요. 아버지가 잡수실 것은 좀 남겨 놓고……."

하고 치맛자락에 젖은 두 손을 씻으며 처녀는 만족한 듯이 빙그레 웃는다.

가실은 사발에 입을 대고 꿀꺽꿀꺽 단숨에 들이키더니 주먹으로 입을 씻으며 사발을 처녀에게 준다.

처녀는 사발을 받아 들고 가실을 물끄러미 보더니, 사립문으로 뛰어 들어가 부엌으로 들어간다.

가실은 처녀의 뛰어가는 양을 보고 들어간 부엌문을 이윽히 보더니, 다시 도끼를 들어 장작을 팬다. 얼마만에 처녀가 치맛자락에 무엇을 싸가지고 뛰어 나와서 가실의 곁에 선다.

가실이 자기를 돌아보는 기회를 타서 처녀는,

"밤 잡수셔요. 내가 아람* 주워다가 묻어 두었던 것이야요."

하고 작은 손으로 줌이 버을게 한 줌 집어 가실을 주며,

"왕밤이야요!"

한다.

가실은 도끼를 자기 다리에 기대어 세워 놓고, 이빨로 밤 껍데기를 벗긴다.

처녀도 입으로 껍데기를 벗겨 먹는다.

"아버지 오시네!"

하고 처녀가 치마에 쌌던 밤을 땅에 내버리고 한길로 마중 나간다. 가실은 고개를 돌려 한길을 내다보았다. 늙은 수양버들

▶아람 : 밤, 상수리 따위가 나무에 달린 채 저절로 충분히 익은 상태 또는 그 열매.

그늘로 수염이 허옇게 세인 설 영감이 기운 없이 걸어온다. 영감은 마당에 들어와 가실을 보고,

"장작 패 주었나?"

하고 감사한 낯빛을 보인다.

"네, 우리 것 다 패고……."

하고 수줍은 듯하면서도 만족한 듯한 웃음을 띤다.

영감은 장작개비 하나를 깔고 앉아서 휘유 긴 한숨을 쉰다.

처녀는 어느새 부엌에 들어가 술 사발을 들고 나와서,

"아버지, 술 잡수."

하고 아버지를 준다.

"응, 술이 남았든?"

하고 딸에게서 술 사발을 받으며,

"이 사람 한 잔 주지."

"한 사발 드렸어요. 아버지 잡술 것 남겨 놓고."

하면서 처녀는 가실을 본다.

가실은,

"저는 잘 먹었습니다. 어서 잡수시우. 아직도 무엇을 하려면 더운데요."

하고 영감의 피곤한 듯한 얼굴을 본다. 영감은 쉬엄쉬엄 한 사발을 들이키고, 아랫 입술로 웃수염 끝에 묻은 술을 빨아 들이면서 마당에 떨어진 밤을 집어 벗긴다. 처녀는 아버지가 오늘 고을 갔던 결과를 듣고 싶으나, 남의 앞이 되어서 묻지는 못하고 가실이가 물어 주었으면 하고 기다린다. 가실도 그 눈치

를 알고 자기도 영감 곁에 쭈그리고 앉으며,

"그래, 고을 가셨던 일은 잘 되셨어요?

하고 묻는다.

"안된대. 내일 아침에는 떠나야 하겠네."

한참 말이 없다.

처녀는 그만 울음을 참지 못하여 치맛자락으로 얼굴을 싸고 돌아선다. 가실도 고개를 푹 수그린다. 영감도 고개를 수그렸다가 번쩍 들어 울고 돌아섰는 딸을 보며 가실더러,

"그렇지 않아도 내가 자네를 찾아보려고 했네."

하고 물끄러미 가실을 보더니,

"자네도 알거니와, 내가 떠나면 저 어린 것 혼자 남네그려. 저것이 불쌍해! 제 어멈은 어려서 죽고…… 오라범들 다 전장에 나가 죽고…… 내가 이제 나가면 어떻게 살아 돌아오기를 바라나. 싸워 죽지 않으면 병들어 죽겠고, 병들어 죽지 아니하면 늙어서 죽지 않겠나. 나도 스무 살에 군사에 뽑혀서 서른 살에야 돌아오니, 부모 다 돌아가시고…… 그런 말은 해서 무엇하나. 아무려나 내가 이번 가면 살아 돌아올 리는 만무하고…… 저것이, 내 혈육이라고는 저것 하나밖에 안 남았네그려. 저것을 두고 가니, 내 마음이 어떻겠나."

하고 노인은 억지로 울음을 참는다.

처녀는 그만 장작더미에 쓰러져 운다. 가실도 운다. 노인은 코를 풀고 소리를 가다듬어,

"그러나 다 팔자니 어쩌나…… 내가 보니, 자네가 사람이 좋

아! 그러니 내 딸을 자네 아내를 삼게. 그리고 이 집을 가지고 빌어먹고 살게. 논허구 밭허구 나무판허구 자네 두 식구가 잘 벌면 먹고 살 걱정은 없을 것이니, 그러게."

하고 일어나 장작더미에 쓰러져 우는 딸의 팔을 잡아 일으키며,

"아가, 들어가 저녁 지어라. 닭 한 마리 잡고, 반찬도 좀 많이 하고, 술도 걸러라. 가실이도 함께 저녁 먹고 마지막으로 이야기나 하게."

한다.

처녀는 일어나 두 손으로 눈물을 씻어가며 안으로 들어간다. 노인은 딸의 들어가는 양을 보고 돌아서서 다시 가실의 곁에 앉으며,

"가실이! 내 말대로 하려나?"

하고 손으로 가실의 땀에 젖은 등을 두드린다.

가실은 고개를 들어 노인을 쳐다보며 말하기 어려운 듯이 머뭇머뭇하더니, 간단하고도 힘있게,

"너무 황송합니다!"

할 뿐이다.

노인은 일어나 가실의 곁에 놓인 도끼를 들어 통나무 한 토막을 패기 시작한다. 가실이가,

"제가 패겠습니다."

하는 것을,

"가만 있게. 이제 다 마지막 해보는 것일세."

하고,

"쒸, 쒸!"

하면서 팬다.

비록 늙었으나, 이전 하던 솜씨가 남았다. 가실이만큼 힘있게는 못하여도 그보다 더 익숙하게 한다. 그 토막을 다 패어 놓고, 도끼를 가실에게 주면서,

"에, 한참 장작을 팼더니, 기운이 나네."

하고 땀을 씻으면서,

"저 고개 너머 논 두 마지기 안 있나. 그게 다 내 손으로 만든 걸세. 내가 이 가을에는 거기 새 흙을 좀 들여 펴고, 또 그 곁에 한 마지기 더 풀려고 했더니, 못하게 되었으니, 자네가 내 일부터라도 하게. 그리고 저 소 외양간은 접쪽으로 옮기게."

하고 아무 근심 없는 듯이 벙글벙글 웃더니, 문득 무슨 근심이 생기는 모양으로,

"내가 혼인하는 것을 못 보고 가서 안되었네마는, 이 벼나 다 타작을 하거든, 동네 사람들이나 청해서 좋은 날 받아서 잔치나 잘 하게."

하고는 퍽 언짢아하는 빛을 보인다.

가실은 다만 들을 따름이요, 아무 대답이 없다.

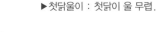

2

이튿날 새벽 첫닭울이*에 일어나서, 처녀는 절구에 쌀을 쓿

▶ 첫닭울이 : 첫닭이 울 무렵.

고* 물을 길어 오고 닭을 잡아 밥을 지었다. 지난 밤에는 아버지의 솜옷 한 벌을 짓느라고 늦도록 바느질을 하다가, 아버지 곁에 누워서 잠깐 잠이 들었다가, 첫닭의 소리에 깬 것이다. 아버지는 여러 번 곁에 누워 자는 딸을 만지면서 거의 한잠도 이루지 못하였다.

늙은 아버지와 어린 딸이 마주앉아서 닭국에 밥을 말아 먹을 때에는 벌써 훤하게 동이 텄다. 해 뜨기 전에 말 탄 관인이 활을 메고 칼을 번쩍거리며 '군사들 나오라'고 외치며 돌아갔다.

처녀는 밥상도 안 치우고 아버지의 옷 보퉁이를 싸고 해진 버선 구멍을 막았다. 길치장하기에 울 새도 없었다. 아버지는 딸이 짐 싸는 동안에 소물*을 먹인다, 마당을 치운다, 아침마다 하는 일을 하고, 농사하던 연장과 소와 닭장과 곡식가리를 다 돌아보고, 딸이 늘 물 길러 다니는 우물길에 풀까지 베어 버렸다.

해가 떴다. 지붕에는 은가루 같은 서리가 왔다. 동네에서 우는 소리가 난다. 닭들은 아침 햇볕을 맞느라고 사방에서 울고, 개들이 쿵쿵 짖는다. 마침내 떠날 때가 되어서 아버지는 봇짐을 지고 마당에 내려서면서 우는 딸의 머리를 쓰다듬고 뺨을 만져 주었다. 그리고,

"아무 걱정 말아라. 가실이 좋은 사람이니, 그 사람한테 시집가서 아들 딸 많이 낳고 살아라. 남편 말 잘 듣고, 일 잘 하고, 그래야 내 딸이다."

▶슳다 : 거친 쌀, 조, 수수 같은 곡식을 찧어 속꺼풀을 벗기고 깨끗하게 하다.
▶소물 : '소여물'의 사투리.

하고 대문을 나선다. 딸은 아버지의 소매에 매어달려 운다.

이때에 앞 고개로 금빛 같은 햇빛을 등에 지고 어떤 커다란 사람이 뛰어 넘어온다. 가실이다. 가실은 짚신 감발*에 바지를 홀쭉하게 추켜 입고 조그마한 봇짐을 졌다.

대문 앞에 와서 노인께 절을 하면서,

"제가 대신 가겠습니다. 일 년이면 돌아온답니다."

한다. 그 얼굴에서는 김이 오른다.

"자네가 어떻게 가나?"

하고 노인은 놀라며 묻는다.

"이제 늙으신 이가 어떻게 전장*에를 가십니까. 그래 어저께부터 내가 대신 가리라고 작정을 했습니다."

하고는 또 절을 하고 뛰어가려 한다. 처녀는 가실의 손을 잡으며,

"아버지 대신 전장에 가셔요?"

한다.

"네."

하고 가실은 처녀의 쳐든 얼굴을 내려다본다. 처녀는 눈물 묻은 얼굴을 가실의 가슴에 묻으며,

"그러면 가 줍시오. 그 은혜는 내 몸이 죽기까지 갚겠습니다. 그러면 가 줍시오."

하고 한 번 더 가실의 얼굴을 본다.

▶감발 : 버선이나 양말 대신 발에 감는 좁고 긴 무명천. 주로 먼 길 떠날 때 쓴다.
▶전장 : 싸움을 치르는 장소. 전쟁터.

노인은 가실의 결심을 휘지 못할 줄을 알고, 자기가 졌던 옷짐을 가실에게 주며,

"자네 은혜는 내가 죽어도 못 잊겠네. 그러면 갔다가 속히 돌아오게. 나를 자네의 장인으로 믿게. 부디부디 잘 다녀오게."

이리하여 가실은 전장으로 나가게 되었다.

고을에 들어가서 여러 백명 군사로 뽑힌 사람들과 함께 마병* 수십 명에 끌리어 서울로 갔다. 가는 길에 여러 고을에서 군사로 뽑혀 오는 사람들을 만나, 치술령을 넘어올 때에는 천명이나 넘었다. 산비탈에는 늙은이, 부인네, 아이들이 하얗게 늘어섰다가, 자기네 아버지나 아들이 지나가는 것을 보고는 손으로 가리키고 부르며 발을 구르고 우짖는다.

가실이가 서울 동문을 들어설 때에는 벌써 해가 서편 산마루에 올라 앉고, 팔백여덟이나 된다는 여러 절에서는 저녁 쇠북소리가 둥둥 울려 나온다.

군사로 뽑혀 가는 사람들이 들어오는 것을 보려고 장안 사람들은 모두 길가에 나섰다. 먼 데 사람이 안 보일 만할 때에야 겨우 분황사 앞 영문*에 다다랐다.

가실은 장관의 점고*를 맞고 방에 들어갔다. 열 간통*이나 되는 큰 방 안에 백 명이 넘는 사람들이 콩나물 모양으로 앉아서, 혹은 같은 고향에서 온 아는 사람들끼리, 혹은 모르는 사람들끼리 이야기를 한다. 가실은 방 한 편 구석에 우두커니 앉

▶마병 : 기병. 말을 타고 싸우는 병사.　　　　　▶영문 : 병영의 문.
▶점고 : 명부에 하나하나 점을 찍어가며 사람의 수효를 조사함.
▶간통 : 공간적으로 벌어진 사이. 간격. 틈.

아서 전장에 나아가는 것이 무서운 듯한 생각과 그러나 명년 이때에 돌아오면 오래 그리워하던 사람을 아내로 삼아 재미있게 살 것을 생각하고는 혼자 기뻐한다.

이윽고 어디서 풍류 소리가 울려 온다. 사람들은 일어서서 창으로 내다본다. 서남편으로 환한 불빛이 보인다. 창에 붙어서 바라보던 사람 하나이,

"저게 대궐이야, 상감님 계신 데야."

하는 소리를 듣고, 대궐 대궐 하는 말만 듣고 보지는 못한 사람들은 일제히 그리로 밀려,

"응, 어느 게 대궐이야?"

하고 사람들 틈으로 고개를 내어밀고 발을 벋디딘다.

"저기 저 등불 많이 켠 데가 대궐이야. 임해궁이야."

하고 누가 잘 아는 듯이 설명한다. 가실도 사람들 틈에 끼어서 내다보았다. 몇 천인지 모를 등불이 반딧불 모양으로 공중에 걸리고, 그 한가운데쯤 해서 커단* 횃불 빛 같은 것도 보인다.

"등불도 많이 켜 놓았다."

하는 이도 있고,

"저렇게 환하게 불을 켜 놓고 타작을 했으면 좋겠네."

하는 이도 있고,

"거기다가 씨름을 한 판 차려 놓았으면 좋겠네."

하는 이도 있다.

그중에 서울서 오래 병정 노릇하던 사람 하나이 이 사람들의

▶커단 : 커닿다의 활용형. '커다랗다'의 사투리.

무식한 소리를 비웃는 듯이,

"이 사람들, 그게 무슨 소린가. 지금 상감님이 만조백관*을 모으시고 연락을 배설한 것이야. 내일 용춘 상군, 유신 장군이 우리들을 거느리고 낭비성으로 간다고, 가서 승전해 가지고 오라고 잔치하는 것이라네."

한다.

북 소리, 피리 소리, 저 소리, 쇠 소리가 간간이 들려 온다.

밝디 밝은 구월 보름달이 둥그런 얼음짱 모양으로 남산 위에 걸리고, 반월성과 황룡사가 달빛 속에 큰 그림자 모양으로 보인다.

사람들은 하나씩 둘씩 창에서 떨어져서 구석구석에 목침을 베고 쓰러진다.

어떤 이는 벌써 종일 걸어온 노독*에 코를 드렁드렁 곤다. 집을 버리고 처자를 버리고 논과 밭과 소를 떠나서 전장에 죽으러 나가는 어린아이 같은 백성들이 팔 다리를 탕탕 둘러치며 코를 드렁드렁 골고 어제 떠난 집을 꿈 꿀 때까지 가늘었다 굵었다 끊겼다 이었다 하는 임해궁 대궐 풍악 소리는 달빛에 떠와서 창 틈으로 스며 들어왔다. 가실도 처음에는 한참 잠이 안 들었으나, 어제 종일 장작을 패고 오늘 종일 길을 걷던 노독에 동여 가도 모르게 잠이 들었다.

달이 거의 서산에 걸린 때 사방 절에서 일제히 종소리가 울려 오고, 그중에 바로 영문 곁에서 치는 분황사 종소리는 곤해 자

▶만조백관 : 조정의 모든 벼슬아치.　　　▶노독 : 먼 길에 지치고.

던 군사의 꿈을 모두 깨뜨려 놓고 말았다.

나발 소리, 주라 소리가 영문 안에 일어난다. 자던 군사들은 둥지를 흔들린 벌 모양으로 여러 방에서 쏟아져 나와 마당에 모여 선다. 마당 한가운데는 활과 화살통이 산더미같이 쌓이고, 울긋불긋한 깃발이 횃불 빛에 나부낀다.

해뜨게 천여 명 군사가 제일대로 남대문을 나서서 서를 향하고 떠났다. 말탄 군사도 있고, 짐 실은 수레도 있다. 군사들은 노누 활과 살통을 메고 어떤 군사는 큰 창을 메었다.

가실도 큰 활과 살통을 메고 물들인 군복을 입었다. 어제까지 호미와 낫과 장작 패는 도끼를 들고 화평하게 살던 농부들은 하루 아침에 활을 메고 칼을 차고 사람을 죽이러 가는 군사로 변하였다.

"어디로 가는 모양이야?"

하고 가실의 뒤에 오는 한 사람이 누구더런지 모르게 묻는다.

"누가 아나. 끌고 가는 데로 따라가지."

하고 누군지 모르는 사람이 대답한다.

"백제 놈들이 또 쳐들어왔나?"

"이번에는 고구려 놈이라든가."

"그 망할 놈들은 농사나 해먹고 자빠졌지 왜 가만히 있는 사람들을 들쑤석거려서* 못 견디게 굴어."

"글쎄나 말이지. 또 그놈들은 우리네 신라 사람들이 들쑤석거린다고 그러겠지."

▶들쑤석거리다 : '들쑤시다'의 사투리.

이러한 말도 나오고, 또 어떤 때에는,

"글쎄, 우리는 무얼 먹겠다고 터덜거리고 가?"

"먹긴 뭘 먹어, 싸우러 가지."

"글쎄, 무엇 먹겠다고 싸워!"

한참 대답이 없더니, 누가,

"누구는 갈 일이 있어서 가나. 가라고 그러니까 가지."

하고 성난 듯이 픽 웃는다.

이 말에 대단히 재미있는 모양으로 누가,

"우리더러 싸우러 가라는 사람은 누구야? 아버지 말도 잘 안 들으려고 드는 우리더러?"

하고 더 크게 웃는다.

"참, 누가 가라기에 가는 길이야?"

하고 누가 또 웃는다.

"안 가면 잡아다가 죽인다니까 가지!"

이 말에 모두 '참 그렇다' 하는 듯이 아무 말들이 없다. 가실은, '나는 늙은 장인 대신 나가는 길이야.' 하고 생각하고 혼자 기뻤다.

이 모양으로 밤이면 한둔하고* 낮이면은 걸어 낯선 강을 건너 낯선 벌을 지나 어마어마한 큰 영을 넘어 이렁저렁 서울을 떠난 지 십여 일에 바다같이 넓은 노돌나루 턱을 건너 한양에 다다랐다. 그 동안에 도망한 사람, 도망하다가 붙들려 목을 잘려 죽은 사람, 병들어 죽은 사람, 강을 건너다가 물에 빠져 죽

▶한둔하다 : 한데에서 밤을 지새우다.

은 사람, 이럭저럭 다 줄어버리고 서울서 함께 떠난 천 명 군사 중에 노돌나루를 건넌 이는 육백 명이 다 차지 못하였다.

가실과 같이 온 군사가 노돌을 건너는 날은 삼각산에서 하늬바람*이 냅다 불고 좁쌀 같은 싸락눈이 펄펄 날렸다. 본래 한양에 있던 군사들은 모두 노닥노닥*한 옷에, 얼굴에 핏기 하나 없다. 그네들은 집에서 올 때에 가지고 온 옷도 다 입어 해어지고, 까맣게 때 묻은 군복을 입고 덜덜 떨고 섰다.

새로 가실과 같이 온 군사들은 이 광경을 보고 모두 소름이 끼쳤다.

"왜 다들 저 꼴이야, 해골만 남았으니?"

"우리도 저 꼴이 될 모양인가."

"죽지 않아야 저 꼴이라도 되지."

이런 말들을 하며 모두 풀이 죽어서 섬거적* 편 영문에 들어갔다.

이 날은 서울 군사들이 이십여 일이나 먼 길에 새로 왔다 하여, 소를 여러 마리 잡고 술을 많이 내어 큰 잔치를 베풀었다. 가끔 고구려 마병이 기웃기웃 모악재로 엿보고, 서울서 구원병은 오지 아니하고, 그래서 이곳서 수자리* 사는 군사들은 하루도 마음을 놓지 못하고 밤잠도 잘 자지 못하다가, 이번에 새 군사 오는 것을 보고 다들 기뻐하였다. 그 판에 오래 굶주렸던 창자에 쇠고기를 실컷 먹고 술을 마시니, 추운 것과 고향 그리운

▶하늬바람 : 서쪽에서 부는 바람. 서풍.
▶노닥노닥 : 해지고 찢어진 곳을 여기저기 깁거나 덧붙인 모양.
▶섬거적 : 거적. 섬(곡식 담기 위해 짚으로 엮어 만든 그릇)을 만들려고 엮은 거적.
▶수자리 : 국경을 지키는 일.

것도 잊어버리고 모두 신이 나서 떠들고 논다.

가실도 술이 취하였다. 자기와 한 방에 있게 된 늙은 군사는 이십 년이나 병정으로 있었고, 서울도 오래 있었으므로, 영문 일도 잘 알고, 퉁소도 불고, 소리도 하고, 춤도 출 줄 알며, 여러 번 전장에 나갔으므로 싸움도 우습게 여긴다.

한참 떠들다가 이 늙은 군사가 무릎 장단을 치며 소리 한 마디를 부른다. 그 사설은 이러하다.

"에헤야…… 산도 설고* 물도 선데, 누구를 따라 예 왔는가."

이런 소리가 끝이 나니, 그 중에 한 오륙인 늙은 군사가 역시 무릎 장단을 치며,

"에헤야…… 요…… 임 따라 온 것도 아니로세, 구경 온 것도 아니로세, 용천검 드는 칼로 고구려 놈 사냥을 온 길일세. 에헤야……요."

하고 화답을 한다.

늙은 군사는 더 신이 나서 얼씬얼씬 어깨춤을 추어 가며,

"에헤야…… 요…… 새로 온 군사야 말 물어 보자. 고향 산천은 어찌되고, 부모 양친은 어찌되고, 두고 온 처자도 잘 있더냐. 에헤야요."

하면 다른 늙은 군사들도 또 어깨춤을 얼씬얼씬 추며,

"임 따라 온 것도 아니로세."

▶설고 : 설다. 익숙하지 못하다.

하고 아까 하던 후렴을 부른다.

다른 방에서 얼굴 붉은 군사들이 소리를 듣고 모여든다. 방이 터지게 모이고도 남아 싸락눈을 맞으면서 문 밖에 섰다. 소리하던 군사들은 더욱 흥이 나서 일어나 춤을 추는 이도 있고, 손으로 부르거든 다리를 쳐서 장단을 맞추는 이도 있다. 늙은 군사가 한 마디를 먹일 때마다 받는 사람이 늘어 간다. 가실도 가만가만히 흉내를 내다가, 나중에 곡조를 배워 후렴하는 패에 참여하게 되었다.

늙은 군사는 일단 소리를 높여,

"에헤야요, 사냥을 가자, 사냥을 가. 날이 새거든 사냥을 가자. 무악재 넘어 임진강 건너 고구려 군사 사냥을 가자."

"에헤야요, 임 따라온 것도 아니로세, 구경 온 것도 아니로세, 용천검 드는 칼로 고구려 왕의 머리를 베어 대왕께 바치러 온 것일세."

"에헤야요, 일생 백년이 꿈이로다. 어디서 와서 어디로 가. 오늘은 살아서 놀더라도, 내일 일은 뉘라 아나. 아마도 북한산 석비레* 판에 살 맞아 죽은 혼이로구나. 에헤야요."

하고 모두 슬픈 듯한 목소리로 후렴을 부른다. 후렴이 끝나면, 일동은 꼼짝 아니하고 늙은 군사의 입만 바라본다. 늙은 군사의 주름잡힌 얼굴은 흐트러진 백발이 천 줄기 만 줄기 함부로 늘어졌다. 여전히 얼씬얼씬 춤을 추며,

"에헤야요, 북한산 석비레 파지를 마라. 흩어진 백골을 건드

▶석비레 : 푸석돌이 많이 섞인 흙.

릴라. 어즈버, 우리네도 한 번 아차 죽어지면 흩어진 백골이 되리로구나.”

할 때에, 볕에 글은 늙은 군사의 눈에서는 눈물이 번쩍번쩍한다. 후렴 받던 군사들은 후렴을 부르려다가 모두 목이 메어 울었다.

가실은 복받쳐 오르는 울음을 참다 못하여 목을 놓아 울었다.

이때에 갑자기 영문 마당에서 취군 나발 소리가 울려 온다. 군사들은 모두 깜짝 놀랐다. 그러나 누구나 다 알았다. 고구려 군사가 밤을 타서 쳐들어 오는 것이다.

가실도 남들이 하는 모양으로 활과 살통을 메고 칼 하나를 들고 나섰다.

영문 마당에는 수천 명 군사가 길게 길게 열을 지어 늘어섰는데, 앞에는 어떤 말 타고 기를 든 장수가 기를 둘러가며 군사들에게 호령을 한다.

“지금 고구려 군사가 무악재로 쳐 넘어오니, 너희는 마주 나가 싸우되, 만일 고구려 군사가 쫓기거든 북한산 끝까지 따라가라.”

고 한다. 이때에 난데 없는 화살 하나가 그 장수의 탄 말 귀를 스치고 날아 온다. 수천 명 군사는 일제히 고함을 치고, 인왕산 모퉁이를 돌아 무악재를 향하고 달려갔다.

새벽이 되어 촌가에 닭이 울 때에 군사들은 북한산 끝에 다다랐다. 고구려 군사는 죽은 사람과 말과 살 맞아 엎드러진 군사를 내버리고 낭비성으로 달아나고 말았다. 신라 군사 중에서도

이백여 명이 죽었고, 소리 메기던 늙은 군사도 어디 간지 보이지를 아니하였다. 가실은 그 이튿날 여기저기 찾아도 보고 물어도 보았으나, 아는 사람이 없었다.

3

이곳에 진 치고 있는 지 십여 일 후에 용춘 장군과 유신 장군이 거느린 팔천 대군이 들어오기 시작하였다. 신라 군사들은 모두 기운이 나서 이번 길에는 평양까지 들여치고야 만다고 뽐내었다.

그러나 그렇게 마음대로 되지 아니하였다. 한 삼십 리 나가다는 한 오십 리 쫓겨 들어오기도 하고, 다시 한 칠십 리 나가기도 하여, 한강과 임진강 사이로 오르락내리락하기에 봄이 되고 여름이 오고 가을이 오고 겨울이 오고, 또 봄이 왔다 가고 여름이 왔다 가기를 여러 번 하였다. 그러는 동안에 늘어 죽고, 병나서 죽고, 활 맞아 칼에 맞아 죽고, 도망하고, 도망하다가 붙들려 죽어, 군사는 점점 줄어 들고, 군사가 줄면 몇십 리 물러가서 새 군사 오기를 기다리고, 새 군사가 오면 또 평양까지 짓쳐들어가고야 만다고 한 백 리나 가다가 또 군사가 줄면 물러오고, 밤낮 이 모양으로 오르락내리락 되풀이를 하여 언제 싸움이 끝날 것 같지도 아니하다.

일 년 만에 돌아간다고 떠나온 가실은 벌써 삼 년을 지내어도 돌아갈 길이 망연하였다. 새로 오는 군사들 편에 혹 고향 소식을 듣기는 하건마는, 고향으로 소식을 전할 길은 없었다. 오는 사람은 있으되 가는 사람이 없으니, 어찌 소식을 전하랴.

설씨 집 소식을 듣기는 삼 년째 되던 해 봄이었다. 노인은 여전히 건강하다는 말과 그 딸은 아직도 시집을 아니 가고 자기를 기다린다는 말을 들었다.

그러나 얼마 후에 새로 온 군사의 전하는 말을 듣건대, 그곳 어느 양반과 혼인을 하게 되어 가을에 성례를 한다는 말이 있다고 한다.

가실은 이 말을 들을 때에 몹시 설었다*. 그러나 돌아갈 길이 망연하니 어찌하랴. 삼 년 전에 서울서 같이 떠난 군사 중에 하나씩 둘씩 다 없어지고, 이제는 옛 얼굴을 볼 수가 없으니, 자기 생명도 풀잎에 이슬이 스러지듯이 언제 스러질는지 믿을 수가 없다. 더우기* 이 가을에는 신라에서도 있는 힘을 다하고, 고구려에서도 있는 힘을 다하여 싸운다는데, 그때 통에는 암만 해도 살아 남을 것 같지도 아니하다. 군사들의 말이, 고구려에는 나는 장수가 있어 눈에 보이지 아니하게 다닌다 하며, 이번에는 그 장수가 나온다 하니, 더욱 명년 봄을 살아서 구경할 것 같지도 아니하다.

삼 년째 되는 구월 보름께 낭비성을 쳐들어가자는 군령이 내렸다. 군사들은 모두 지리하고 집 생각이 나서 싸울 생각이 없었으나, 이번만 싸우고는 집으로 돌려보낸다는 바람에 죽으나 사나 마지막으로 싸워 보자 하고 술과 고기를 잔뜩 먹고 나발

▶설다 : 섫다. 원통하고 슬프다.　　　　▶더우기 : 더욱이.

을 불고 북을 치고 먼지를 날리며, 낭비성을 향하고 달려 들어 갔다.

 가실은 정신없이 일변* 활을 쏘고 일변 칼을 두르며 앞으로 앞으로 나갔다. 낭비성에서는 화살이 빗발같이 쏟아져 달려가 던 군사들이 하나씩 둘씩 벌떡벌떡 나가 자빠진다. 가실은 여 러 번 죽어 넘어진 군사, 아직 채 죽지는 아니하고 피를 푹푹 뿜는 군사를 타고 넘어, 밟고 넘어, 그저 앞으로 앞으로 달려 갔다. 천지가 모두 티끌이니, 지척*을 분별할 수도 없고, 천지 가 모두 고각함성*이니, 무슨 소리를 들을 수도 없다. 그저 가 던 길이니 앞으로 나갈 뿐이다.

 "씩!"

 하는 소리가 나며 화살 하나이 가실의 왼팔에 박힌다. 가실 은 우뚝 서며 얼른 뽑아 버렸다.

 낭비성이 차차 가까워질수록 곁으로 날아 지나가는 화살이 점점 많아진다. 얼마 아니하여 언제 박히는 줄 모르게 살* 하 나가 가실의 오른편 다리에 박히어 가실은,

 "아이고!"

 소리를 치고 자빠졌다. 가실은 죽을 힘을 다하여 다리에 박 힌 살을 뽑았으나, 팔 다리에서 피는 콸콸 쏟고, 아프기는 하 고 기운은 빠져서 몸을 꼼짝할 수도 없었다. 가실은 옷으로 가 까스로 상처를 막고 죽은 듯이 쓰러졌다.

▶일변 : 어느 한편. 한편.　　　　　　▶지척 : 가까운 거리.
▶고각함성 : 전쟁터에서 사기를 돋우려고 북을 치고 나팔을 불며 아우성을 침.
▶살 : 창문, 연, 부채, 바퀴 등의 뼈대가 되는 부분. 화살.

신라 군사가 으악으악 하며 자기 곁으로 뛰어 지나가는 것이 어렴풋이 보인다. 한참 있다가 무엇이 자기 다리를 잡아 쳐들기에 눈을 떠 본즉 어떤 고구려 군사 둘이 칼을 들고 서서 지기를 본다.

그중에 한 군사가,

"이놈아, 안 죽었니?"

하고 발로 옆구리를 찬다.

"안 죽었다."

하고 가실은 그 군사들을 쳐다보며 대답한다. 다른 군사가 손에 들었던 칼로 가실의 가슴을 겨누면서

"이놈, 이 신라 놈! 벌써 네 군사는 다 우리 손에 죽고, 몇 놈만 살아서 달아났다. 요놈, 너도 이렇게 푹 찔러 죽일 테야."

하고 가실의 가슴을 찌르려 한다. 가실은 잠깐 기다리라는 듯이 손질*을 하며

"애. 너와 나와 무슨 원수 있니? 내가 네 아비를 때렸단 말이냐, 네 소를 훔쳤단 말이냐. 피차에 초면에 무슨 원수로 나를 죽이려 드니? 나도 늙은 부모와 젊은 아내가 있다. 내가 죽으면 그것들은 어쩌잔 말이냐."

하였다. 군사 하나이 칼 든 군사의 팔을 붙들어 잠깐 참으라는 뜻을 보이며,

"이놈아, 그럼 왜 활을 메고 우리나라에 들어왔어? 맨몸으로 왔으면 닭 잡고 밥이라도 해 먹이지! 이놈아, 왜 활 메고 와서

▶손질 : 손의 움직임. '손길'의 사투리.

우리 사람들을 죽여! 너희 신라 놈들은 죄다 죽일 놈이야. 괜히 가만히 있는 고구려를 들쑤석거려서 우리도 이렇게 전장에 나오게 만들고……."

가실은 의심스러운 듯이,

"고구려 놈들이 괜히 가만히 있는 신라를 들쑤석거린다는데!"

하였다.

"누가 그러든?"

하고 칼 든 군사가 성을 내며,

"우리 상감님 말씀이 신라 놈들이 먼저 혼란을 일으킨다든데."

가실은

"우리 상감님 말씀에는 고구려 놈들이 가만히 안 있고 괜히 남을 들쑤석거린다는데."

한다. 세 사람은 말없이 서로 물끄러미 보고 섰다. 가실은 힘을 써서 일어나 앉았다. 목이 몹시 마르다. 그래, 칼 든 군사더러,

"내가 목이 말라 죽겠으니, 물을 한 잔 다오."

한즉, 그 군사는 어쩔 줄 모르고 한참 어릿어릿하더니, 칼을 칼집에 꽂고, 가서 개천 물을 떠다 준다. 가실은 꿀꺽꿀꺽 다 들이켰다. 그러고는 두 군사더러,

"너희들 나를 죽이지 말아라. 나도 오늘 종일 활을 쏘았으니, 너희 사람도 몇 명 맞아 죽었겠지마는, 내가 죽일 마음이

있어서 죽였니? 활을 주면서 쏘라니 쏘았지. 너희도 그렇지, 너흰들 무슨 까닭으로 괜히 사람을 푹푹 찔러 죽여.”

하고 곁에 놓인 활을 당기어 꺾어 버리며,

“자, 이러면 활 없이 맨몸으로 너희 나라에 들어온 사람이 아니냐.”

하였다. 두 군사는 말없이 서로 마주보더니,

“어떻게, 이놈을 살려?”

“글쎄, 죄다 죽이라고 그러는데…….”

“살려 주자…… 이놈의 말이 옳구나.”

“글쎄, 사로잡아 왔다고 그럴까.”

“응, 우리 이놈을 잡아다가 영문에 바치자. 죽이지 말고.”

이리하여 두 군사는 가실을 부축하여 영문으로 잡아 들여다가 장수에게 바쳤다.

장수는 가실의 손과 얼굴이 무식한 농군인 것과 미미한 졸병에 지나지 못하는 것을 보고, 구태 죽일 필요도 없다 하여 장에 내다가 종으로 팔았다.

마침 어떤 늙은 농부가 가실을 사서 소 등에 올려 앉혀 어떤 시골 촌으로 데려갔다.

얼마 안에 살 맞은 자리도 나아, 가실은 도끼를 메고 나무도 찍으러 다니고, 장작도 패고, 밤에는 새끼를 꼬고 신을 삼았다*. 처음에는 신라놈 잡아 왔다고 모두 구경을 오고, 아이들도 따라 다니며 ‘신라놈!’, ‘당나라 개’ 하고 놀려먹더니, 차차

▶삼다 : 짚신이나 미투리 따위를 만들다. ▶일군 : 일꾼.

자기네와 똑같은 사람인 것을 알게 되어, 일군*들끼리도 서로 친구가 되고 말았다.

봄이 오면 거름을 져 내고 밭을 갈았다. 가실은 신라사람이라 논농사를 잘 하므로 주인집 밭으로 논을 만들어 둘째 해에는 벼를 많이 거두어 맛난 쌀밥을 먹게 하였다 하여, 주인 노인은 가실을 종으로 대접하지 아니하고, 가족같이 대우하게 되고, 동네 사람들도 모두 가실을 청하여다가 논농사히는 법을 배웠다. 고구려에서는 거의 전쟁이 끊일 날이 없어 농사를 힘쓰지 아니하므로, 논밭이 다 황무하고, 또 그때까지는 논농사하는 이는 평양 근방밖에는 없었다.

이리하여 가실은 이 동네에만 이름이 날 뿐 아니라, 이웃 동네에까지 이름이 났다. 사람 좋고, 힘써 일 잘하고, 그중에도 논을 만드는 데는 선생이라 하여 칭찬이 들레었다*.

이렁저렁 또 삼 년이 지났다. 가실은 해마다 가을이 되면 주인 노인더러 놓아 보내 주기를 청하였으나, 주인은 본국에 돌아가면 도리어 생명이 위태하리라는 것을 핑계로 놓아 주지를 아니하고, 또 지금 열여섯 살 되는 딸의 사위를 삼으려는 뜻을 가졌다. 원래 이 노인은 아들 형제를 다 전장에 보내고, 농사할 사람이 없어 가실을 종으로 사 온 것인데, 가실이 있기 때문에 농사를 잘하여 집이 부요해졌고*, 또 가실의 사람됨이 극히 진실하고 부지런하여, 족히 자기의 만년의 일생을 부탁할 만하

▶들레다 : 야단스럽게 떠들다. 떠들썩하다.
▶부요하다 : 재물을 풍부하게 가지고 있다. 부유하다.

다고 믿으므로, 아무리 하여서라도 사위를 삼아 본국에 돌아갈 생각을 끊게 하려 한 것이었다. 또 이 노인의 딸도 가실을 사모하였다. 그가 큰 도끼를 둘러메어 젖은 통나무를 패는 것과 소에게 한 바리*나 될 만한 나뭇짐이나 곡식짐을 지는 것을 볼 때에 처녀는 가실을 사모하지 않을 수 없었다.

가실은 다만 힘만 쓰는 사람이 아니요, 여러 가지 지혜와 재주도 있었다. 톱과 먹줄과 대패를 만들어다 두고, 여러 가지 기구도 만들고, 자기가 유숙할* 사랑채도 짓고, 노인과 처녀의 나막신도 파주었다. 그 나막신이 아주 모양이 좋고 발이 편하다 하여, 노인은 처녀를 시켜서 들기름을 발라 터지지 않게 하였다. 또 농사하는 여가*에는 쑥대로 발을 만들고 밈통*을 만들어 붕어와 잔고기와 게를 잡아 오면, 처녀가 앞 개천에 나가 말끔히 씻어다가 풋고추를 넣고 조려 먹었다. 노인은 이것을 썩 좋아하였다.

가실은 잠시도 가만히 있지를 아니하고 무엇이나 일을 하였다. 그래서 그 집은 늘 깨끗하고 없는 것이 없었다. 눈이 오기 전에 벌써 산더미같이 나무가 쌓이고 짚신과 미투리도 항상 쌓아 두고 신었다. 지난 겨울에는 처녀가 처음 길쌈*을 한다 하여 가실이가 종일 산으로 돌아다니면서 좋은 재목을 구하여다가 물레 같은 것과 베틀을 만들었다. 이것은 길쌈 많이 하는 신라 본이라, 고구려 것보다 훨씬 보기도 좋고 편리하였다. 이밖

▶바리 : 말이나 소 등에 잔뜩 실은 짐.　　▶유숙하다 : 남의 집에서 묵다. 머무르다.
▶여가 : 일이 없어 남는 시간.
▶밈통 : 둥글고 길게 엮어 만든 통발을 냇물에 넣어 놓고 물고기가 안에 들어가게 하여 잡는 도구.
▶길쌈 : 실을 내어 옷감을 짜는 일.

에도 가실이가 한 일이 많거니와, 그의 지혜와 재주는 동네 사람들도 다 탄복하였다. 그래서 가실은 온 동네에 없을 수 없는 사람이 되어, 무슨 어려운 일이 있으면 부인네나 아이들까지도 '가실이더러 좀 해달래야' 하게 되었다.

가실이가 하는 것을 보고 동네 사람들도 새 잡는 기계와 고기 잡는 기계도 만드는 것이 한 재미가 되었다. 또 가실이가 부지런한 것이 동네 사람의 모범이 되었고, 말이 적으나 한번 말하면 그것은 꼭 참말이요, 꼭 그 말대로 하는 것을 볼 때에 동네 사람들은 가실을 믿고 두려워하였다.

그러나 가실에게는 슬픔이 있다. 백년을 약속한 사람의 소식을 알 수 없고, 또 만날 기약이 망연하다. 그래서 주인더러 보내 달라고만 졸랐다. 하나 일 년 일이 다 끝난 가을이 아니면 결코 보내 달란 말을 하지 아니하였다. 그러나 봄이 되어 농사를 시작할 때가 되면, 다시는 결코 간단 말을 하지 아니하였다. 그러나 금년 — 고향을 떠난 지 육 년이 되는 금년 — 열아홉 살에 떠나서 스물다섯 살이 된 금년에는 아무리 하여서라도 돌아가리라 하였다. 그래서 하루는 저녁을 먹고 나서 노인을 대하여,

"저를 금년에는 보내줍시오."

하였다. 노인은 깜짝 놀라는 듯이 돌아앉으며,

"왜 또 간다고 그러나? 내가 지금 자네를 믿고 사네. 내 나이 벌써 칠십이야. 자네가 가면, 내가 어떻게 사나."

하는 노인의 말소리는 간절하고 떨린다. 곁에서 노파가 역

시 떨리는 소리로,

"그렇고말고. 영감이나 내나 장성한 아들 다 전장에 나가 죽고, 자네를 우연히 만나서 아들같이 믿고 사는데, 자네가 가면 이 늙은 것들이 어떻게 산단 말인가. 아예 그런 소리 말아요. 우리 양주*가 죽거든 다 묻어 놓고……."

하고, 곁에 앉은 딸의 머리를 쓸면서,

"이 애 데리고 아무 데나 자네 마음대로 가세그려. 이 딸자식도 자네에게만 맡기면 자네가 하늘 붙은 데를 데리고 가더라도 마음이 놓여!"

한다. 처녀는 부끄러운 듯이 슬며시 빠져 부엌으로 나가더니, 큰 바가지에 삶은 밤을 퍼가지고 들어와서 방 한가운데 놓고, 어머니 등 뒤에 가 앉는다. 노파는,

"자, 가실이, 밤이나 먹게. 이게 안 좋은가. 자네는 부모도 없다니 우리를 부모로 알고, 가속도 없다니 이 애를 아내로 삼고, 그리고 벌어먹고 지나면 안 좋은가."

하고 밤을 집어 가실을 주며,

"자, 어서어서 먹어요, 이 애가 자네 준다고 삶은 것일세."

하고 딸을 등 뒤에서 끌어낸다.

"아니야요, 어머니도."

하고 딸은 고개를 숙인다. 가실은 밤을 벗겨 우선 노인 양주를 드리고 자기도 먹었다. 밤 껍질을 벗기는 가실의 손이 떨렸다. 진실로 가실은 어쩔 줄을 몰랐다. 만일 주인이 강제로 자

▶양주 : 바깥주인과 안주인.

기를 못 가게 한다 하면, 벌써 빠져나가고 말았을 것이다. 그러나 이 불쌍한 세 식구가 자기를 믿고 사랑으로 매어 달릴 때에 그것은 차마 뿌리치기가 어려웠다. 가실은 힘이 센 것과 같이 정도 세다. 그러나 정이 센 것과 같이 의리도 세다. 정이 센지라 주인을 차마 뿌리치지도 못하거니와, 의리도 센지라 설씨의 딸에게도 한 번 맺은 약속을 깨뜨리지 못 한다.

가실이 연해* 밤만 벗기고 대답이 없는 것을 보고 노인은,

"가실이, 우리 두 늙은이의 소원을 이루어 주게. 다시는 늙은 것의 가슴을 조리게 하지 말게."

하고 노인은 손으로 가실의 등을 어루만진다. 노파와 딸은 근심스러운 눈으로 가실만 바라보고 있다.

가실은 굳은 결심을 얻은 듯이 고개를 번쩍 들어 노인을 보며,

"저도 두 어른을 부모로 알고 있습니다. 부모처럼 저를 사랑해 주시니 부모가 아닙니까."

하는 가실의 말소리는 깊은 감동으로 떨린다. 가실은 눈물머금은 어조로,

"그러나 저는 육 년 전에 고향을 떠날 때에……."

하고 말을 뚝 끊더니, 다시 말을 이어,

"제 자랑 같아서 아직 말씀을 아니했습니다마는……."

하고 자기가 설 영감이라는 노인 대신으로 전장에 나왔다는 말과 일 년 후에 전장에서 돌아오면 그의 딸과 혼인하기를 약

▶연해 : 끊임없이 거듭.

속하였다는 말을 다하고, 나중에,

"제가 무엇이 그리워 고향에 가고 싶겠습니까. 백년을 맹세한 사람이 밤낮으로 날 기다리고 있으니, 그러는 것이올시다."

하고 말을 끊을 때에, 자신의 눈에서는 굵은 눈물이 뚝뚝 떨어진다. 노인 양주는 가실이 하는 말을 들을 때에 더욱 가실의 심성이 착하고 아름다운 것을 찬탄하고, 가실의 눈물을 볼 때에는 노인 양주도 같이 울었다. 딸도 어머니의 등에 이마를 대고 울었다. 노인은 한 번 더 가실의 등을 어루만지며,

"자네는 하늘이 낸 사람일세. 과연 큰 사람일세. 어쩌면 남을 대신하여 죽을 자리에를 나간단 말인가. 옛말로는 우리 조상적에 그런 사람이 있었단 말도 들었지마는, 자네 같은 큰사람은 칠십 평생에 처음 보네."

하고 칭찬하기를 말지 아니하다가,

"내 어째 자네가 웃는 낯이 없고, 늘 수심기가 있어 보이기에, 그저 고향이 그리워 그러나 했더니, 자네 말을 듣고야 알겠네."

하고 혀를 찬다. 노파도 눈물을 씻고 목이 메인 소리로,

"내 어째, 자네가 차차 수척해 가기에 웬일인가 했더니, 그래서 그랬네그려."

하고 역시 혀를 찼다. 딸은 슬며시 일어나 나가더니, 건넌방에서 흑흑 느껴 우는 소리가 들린다.

4

    이튿날 아침을 일찍 지어 먹고, 가실은 고국을 향하여 떠나기로 하였다. 노인 양주에게 세 번 절하여 하직하고, 삼 년 동안 정들인 동네의 동구로 나올 때에 노인은 손수 노자*할 돈을 가실의 짐에 넣어 주고, 노파는 의복과 삶은 닭을 싸서 들어다 주며, 동네 사람들도 여러 가지 물건과 먹을 것을 싸다가 가실의 짐에 넣어 주며, '부디 잘 가라', '죽기 전에 한 번 만나자'고 언짢은 얼굴로 작별하는 인사를 하며 동구 밖 강가까지 나온다. 가실은 '동네 어른들께 신세 많이 졌노라'고, '그러나 천여 리 먼 나라에 다시 올 길이 망연하다'고 손을 잡고는 석별의 인사를 하고, 손을 잡고는 또 석별의 인사를 하였다.

    나룻배에 오를 때에 노인은 뱃머리에 서서 가실의 손을 잡고,

    "부디 잘 가게. 잘 살게. 이 늙은 것이 다시 보기야 어찌 바라겠나마는, 가 보아서 설씨의 딸이 다른 집에 시집을 갔거든 내게로 돌아오게. 이제로부터 이태 동안은 딸을 시집보내지 아니하고 날마다 자네 돌아오기만 기다리겠네."

    하며 눈물을 떨군다.

    가실도 눈물을 흘리며 다만,

    "네…… 아버지!"

    할 따름이었다.

    차마 손을 놓지 못하여 한참 서로 잡고 울다가 마침내 배가

▶노자 : 먼 길을 떠나 오가는 데 드는 비용.

떠났다.

　사공이 ‘어야어야’ 하고 젓는 서슬에 파랗게 맑은 가을 강물에 잔 물결이 일며 배가 저쪽 언덕을 향하고 비스듬히 건너간다.

　가실은 뒤를 돌아보며 나온 언덕에 모여 선 수십 명 남녀를 향하고 손질을 하였다. 그 사람들도 잘 가라고 하면서 손을 두른다. 노인은 아직도 배 떠나던 자리에 서서 멀거니 가실을 바라보고 이따금 한 마디씩 무슨 소리를 친다.

　가실은 배를 내려 한 번 더 저편에 선 사람들을 향하여 손질을 하고 짐을 걸머지고 지팡이를 끌면서 서리 맞아 마른 풀 사이로 길을 찾아 동으로 동으로 향하여 간다. 가끔 뒤를 돌아보며 손을 둘렀다. 저쪽에서도 손을 두른다. 가실은 조그마한 산굽이를 돌아설 때에 마지막으로 두 팔을 높이 들며 소리를 높여,

　“잘 있으오!”

　를 서너 번이나 외쳤다. 저편에서도 팔들을 들고,

　“잘 가오!”

　하는 소리가 모기 소리처럼 들린다. 가실은 마음으로 그 노인을 생각하면서 눈물이 흘렀다.

　가실은 힘껏 소리를 뽑아,

　“간다 간다 나는 간다. 우리 나라로 나는 돌아간다.”

　하고 소리를 하고 지팡이를 드던지면서* 동으로 동으로 고국을 향하여 걸었다.

▶드던지다 : 급히 걸을 때 지팡이를 크게 내두르며 짚어 나간다.

줄거리

　신라와 고구려 사이의 전쟁이 한창일 때였다. 신라의 청년 가실은 이웃 집 처녀집에 들렀다가 그녀가 울고 있는 것을 본다. 사연인즉 처녀의 늙은 아버지가 고구려군과 싸우기 위해 병사로 징집된다는 것이다. 그 사연을 듣고 가실은 처녀의 아버지 대신 군에 들어가기로 결심한다. 처녀를 사랑하는 지순한 마음 때문이다.

　이튿날 아침 가실은 처녀 아버지에게 이 사실을 알리고 작별을 고한다. 처녀와 아버지는 가실의 갸륵한 마음에 언제까지나 기다리겠다며 눈물로 떠나보낸다. 가실이 속한 신라군은 삼각산 근처 벌판에 진지를 구축하여 고구려군과 일진일퇴 공방전을 벌인다. 어언 삼 년의 세월이 흐른다.

　어느 날 군령을 받고 출정한 신라군은 낭비성 전투에서 고구려군에게 패하고, 가실은 고구려군의 포로가 된다. 북쪽 고구려 땅으로 끌려간 가실은 어느 노인 부부의 집으로 팔려가 종 생활을 한다. 전쟁터에서 두 아들을 잃은 노인 부부는 가실을 친자식처럼 아끼고 감싸준다. 그 부부의 딸 역시 가실을 사모한다. 그렇게 삼 년의 세월이 또 지나간다. 그러나 가실의 마음 한켠에는 늘 고향과 고향에 두고 온 처녀 생각뿐이다. 이 사실을 알고 있는 노인은 가실을 놓치지 않으려고 애쓰지만, 그의 결심을 꺾지 못한다. 결국 노인은 가실을 보내주면서 만일 신라의 그 처녀가 시집을 갔으면 돌아와서 자신의 딸과 혼약하여 같이 살자고 말한다. 가실은 그러마고 약속하고 강을 건너 그리운 신라 땅을 향해 떠난다. '간다 간다, 나는 간다, 우리 나라로 나는 돌아간다.'라고 노래를 부르며……

재미있게 읽었나요?

자, 이제부터는 생각하는 어린이가 되어 물음에 답해 보세요.

물음

1. 가실이 처녀의 아버지 대신 군에 들어가서 포로가 되어 고구려에서 종 생활을 하면서도 기어코 신라로 돌아가려는 까닭은 무엇인가요?
2. 이 소설은 지은이의 민족주의적 사상이 비교적 잘 드러나는 글입니다. 그 주된 이유를 어디에서 찾을 수 있을까요?

답

1. 고향 처녀에 대한 애절한 사랑 때문.
2. 이 글의 소재를 옛 우리 조상들의 이야기에서 찾은 점.

메밀꽃 필 무렵

이
효
석

■ 이효석(1907. 2. 23~1942. 5. 25)
소설가이고, 호는 가산입니다. 강원도 평창에서 태어나 경성제국
대학 법문학부를 졸업했고, 평양 숭실전문학교 교수를 지냈습니
다. 1928년 〈도시의 유령〉을 발표하였고, 〈마작철학〉, 〈깨뜨려지
는 홍등〉, 3부작 〈노령근해〉, 〈상륙〉, 〈북극사신〉, 〈돈(豚)〉, 〈수
탉〉, 〈분녀〉 등을 발표하였습니다. 한국현대 단편소설의 대표작인
〈메밀꽃 필 무렵〉은 산문적 서정성이 가장 빼어난 작품입니다.

■ 읽기 전에
이 작품은 이효석이 《조광》(1936. 10)에 '모밀꽃 필 무
렵'으로 발표한 작품입니다.
이 소설은 시와 같은 서정적 분위기로 운문과 산문의
장점을 조화있게 사용하여 아름답고 공감각적인 문체
가 뛰어납니다. 주인공 허 생원이 동이에게 마음을 열
어갈수록 허 생원과 동이의 관계가 궁금해집니다. 달
빛 아래 메밀꽃 밭 아래에서 허 생원과 동이의 이야기
를 들으며 두 사람의 관계를 생각해 보세요.

메밀꽃 필 무렵

　여름 장이란 애시당초에 글러서, 해는 아직 중천에 있건만 장판은 벌써 쓸쓸하고 더운 햇발이 벌여 놓은 전 휘장 밑으로 등줄기를 훅훅 볶는다. 마을 사람들은 거의 돌아간 뒤요, 팔리지 못한 나무꾼 패가 길거리에 궁싯거리고들* 있으나 석유병이나 받고 고깃마리나 사면 족할 이 축*들을 바라고 언제까지든지 버티고 있을 법은 없다. 춥춥스럽게* 날아드는 파리 떼도 장난꾼 각다귀*들도 귀찮다. 얼금뱅이*요, 왼손잡이인 드팀전*의 허 생원은 기어이 동업의 조 선달을 낚아 보았다.

　"그만 걷을까?"

　"잘 생각했네. 봉평 장에서 한 번이나 흐뭇하게 사 본 일 있었을까. 내일 대화 장에서나 한몫 벌어야겠네."

　"오늘 밤은 밤을 새서* 걸어야 될걸?"

　"달이 뜨렷다."

▶궁싯거리다 : 머뭇거리다.　　　　▶축 : 어느 무리의 한쪽을 이르는 말.
▶춥춥스럽다 : 정갈하지 못하고 지저분하다. 추접스럽다.
▶각다귀 : 1. 모기의 떼. 2. 모기같이 남을 헐뜯고 해를 끼치는 자를 일컫는 말.
▶얼금뱅이 : 얼굴에 마마 자국이 얼금얼금한 사람.
▶드팀전 : 옷감 파는 가게. 포목전.　　　▶새서 : 《조광》에는 '패서'로 되어 있다.

　절렁절렁 소리를 내며 조 선달이 그날 산 돈을 따지는 것을
보고 허 생원은 말뚝에서 넓은 휘장을 걷고 벌여 놓았던 물건
을 거두기 시작하였다. 무명필과 주단 바리*가 두 고리짝에 꼭
찼다. 멍석 위에는 천 조각이 어수선하게 남았다.

　다른 축들도 벌써 거진 전*들을 걷고 있었다. 약빠르게 떠나
는 패도 있었다. 어물장사도, 땜장이도, 엿장사도, 생강장사

▶바리 : 말이나 소에 잔뜩 실은 짐을 세는 단위.
▶전(廛) : 물건을 늘어놓고 파는 가게. 전포(廛鋪).

도 꼴들이 보이지 않았다. 내일은 진부와 대화에 장이 선다. 축들은 그 어느 쪽으로든지 밤을 새며 육칠십 리 밤길을 타박거리지 않으면 안된다. 장판은 잔치 뒷마당같이 어수선하게 벌어지고, 술집에서는 싸움이 터져 있었다. 주정꾼 욕지거리에 섞여 계집의 앙칼진 목소리가 찢어졌다. 장날 저녁은 정해 놓고 계집의 고함소리가 시작되는 것이다.

"생원, 시침을 떼두 다 아네……. 충주집 말야."

계집 목소리로 문득 생각난 듯이 조 선달은 비죽이 웃는다.

"화중지병이지. 면소 패들을 적수로 하구야 대거리가 돼야 말이지."

"그렇지두 않을걸. 축들이 사족을 못쓰는 것도 사실은 사실이나, 아무리 그렇다곤 해두 왜 그 동이 말일세. 깜적같이 충주집을 후린 눈치거든."

"무어 그 애숭이가 물건 가지로 낚었나 부지. 착실한 녀석인 줄 알았드니."

"그 길만은 알 수 있나……. 궁리 말구 가보세나그려. 내 한 턱 씀세."

그다지 마음이 당기지 않는 것을 쫓아갔다. 허 생원은 계집과는 연분이 멀었다. 얼금뱅이 상판을 쳐들고 대어 설 숫기도 없었으나 계집 편에서 정을 보낸 적도 없었고, 쓸쓸하고 뒤틀린 반생이었다. 충주집을 생각만 하여도 철없이 얼굴이 붉어지고 발밑이 떨리고 그 자리에 소스라쳐 버린다. 충주집 문을 들어서 술좌석에서 짜장 동이를 만났을 때에는 어찌된 서슬엔지 발끈 화가 나 버렸다. 상 위에 붉은 얼굴을 쳐들고 제법 계집과 농탕치는 것을 보고서야 견딜 수 없었던 것이다. 녀석이 제법 난질꾼인데 꼴사납다.

"머리에 피도 안 마른 녀석이 낮부터 술 처먹고 계집과 농탕 이야. 장돌뱅이 망신만 시키고 돌아다니누나. 그 꼴에 우리들 과 한몫 보자는 셈이지."

동이 앞에 막아서면서부터 책망이었다. 걱정두 팔자요 하는 드키* 빤히 쳐다보는 상기된 눈망울에 부딪힐 때, 엉결김에 따 귀를 하나 갈겨 주지 않고는 배길 수 없었다. 동이도 화를 쓰고 팩하게 일어서기는 하였으나, 허 생원은 조금도 동색하는 법 없이 마음먹은 대로는 다 지껄였다.

"어디서 줏어먹은 선머슴인지는 모르겠으나, 네게도 애비 에 미 있겠지. 그 사나운 꼴 보문 맘 좋겠다. 장사란 탐탁하게 해 야 되지 계집이 다 무어야. 나가거라, 냉큼 꼴 치워."

그러나 한마디도 대거리하지 않고 하염없이 나가는 꼴을 보 려니, 도리어 측은히 여겨졌다. 아직두 서름서름한 사인데 너 무 과하지 않았을까 하고 마음이 섭짓해졌다.

"주제도 넘지, 같은 술손님이면서도 아무리 젊다고 자식 낳 게 되는 것을 붙들고 치고 닦아셀 것은 무어야 원."

충주집은 입술을 쭝긋 하고 술 붓는 솜씨도 거칠었으나, 젊 은 애들한테는 그것이 약이 된다나 하고 그 자리는 조 선달이 얼버무려 넘겼다.

▶하는드키 : 하는 듯이.

"너 녀석한테 반했지? 애숭이를 빨문 죄 된다."

한참 법석을 친 후이다. 맘도 생긴 데다가 웬일인지 흠뻑 취해 보고 싶은 생각도 있어서 허 생원은 주는 술잔이면 거의 다 들이켰다. 거나해짐에 따라 계집 생각보다도 동이의 뒷일이 한결같이 궁금해졌다. 내 꼴에 계집을 가로채서는 어떡할 작정이었누 하고 어리석은 꼬락서니를 모질게 책망하는 마음도 한편에 있었다.

그러기 때문에 얼마나 지난 뒤인지 동이가 헐레벌떡거리며 황급히 부르러 왔을 때에는 마시던 잔을 그 자리에 던지고 정신없이 허덕이며 충주집을 뛰어나간 것이다.

"생원 당나귀가 바를 끊구 야단이에요."

"각다귀들 장난이지 필연코."

즘생*도 즘생이려니와 동이의 마음씨가 가슴을 울렸다. 뒤를 따라 장판을 달음질하려니 게슴츠레한 눈이 뜨거워질 것 같으다.

"부락스런 녀석들이라 어쩌는 수 있어야죠."

"나귀를 몹시구는* 녀석들은 그냥 두지는 않을걸."

반평생을 같이 지내 온 즘생이었다. 같은 주막에서 잠자고, 같은 달빛에 젖으면서 장에서 장으로 걸어 다니는 동안에 이십 년의 세월이 사람과 즘생을 함께 늙게 하였다. 까스러진 목 뒤털은 주인의 머리털과도 같이 바스러지고, 개진개진* 젖은 눈은 주인의 눈과 같이 눈꼽을 흘렸다. 몽당비처럼 짧게 슬리운 꼬리는 파리를 쫓으려고 기껏 휘저어 보아야 벌써 다리까지는 닿지 않았다. 닳아 없어진 굽을 몇 번이나 도려내고 새 철을 신겼는지 모른다. 굽은 벌써 더 자라나기는 틀렸고 닳아 버린 철 사이로는 피가 빼짓이 흘렀다. 냄새만 맡고도 주인을 분간하였다. 호소하는 목소리로 야단스럽게 울며 반겨한다.

어린아이를 달래드키 목덜미를 어루만져 주니 나귀는 코를

▶즘생 : '짐승'의 사투리.　　　▶몹시굴다 : '학대하다'의 사투리.
▶개진개진 : 눈에 물기가 서리어 있는 모양을 나타내는 말.

벌름거리고 입을 투르러거렸다. 콧물이 튀었다. 허 생원은 즘 생 때문에 속도 무던히는 썩였다. 아이들의 장난이 심한 눈치여서 땀 배인 몸뚱어리가 부들부들 떨리고 좀체 흥분이 식지 않는 모양이었다. 굴레가 벗어지고 안장도 떨어졌다. 요 몹쓸 자식들 하고 허 생원은 호령을 하였으나 패들은 벌써 줄행랑을 놓은 뒤요, 몇 남지 않은 아이들이 호령에 놀라 비슬비슬 멀어졌다.

"우리들 장난이 아니우. 암놈을 보고 저 혼자 발광이지."

코흘리개 한 녀석이 멀리서 소리를 쳤다.

"고 녀석 말투가."

"김 첨지 당나귀가 가 버리니까 왼통* 흙을 차고 거품을 흘리면서 미친 소같이 날뛰는걸. 꼴이 우수워* 우리는 보고만 있었다우. 배를 좀 보지."

아이는 앵돌아진* 투로 소리를 치며 깔깔 웃었다. 허 생원은 모르는 결에 낯이 뜨거워졌다. 뭇 시선을 막으려고 그는 즘생의 배 앞을 가리워 서지 않으면 안되었다.

"늙은 주제에 암샘을 내는 셈야. 저놈의 즘생이."

아이의 웃음소리에 허 생원은 주춤하면서 기어코 견딜 수 없어 채찍을 들더니 아이를 쫓았다.

"쫓으려거든 쫓아 보지. 왼손잡이가 사람을 때려."

줄달음에 달아나는 각다귀에는 당하는 재주가 없었다. 왼손

▶왼통 : '온통'의 사투리.　　　　　　▶우숩다 : '우습다'의 사투리.
▶앵돌아진 : 노여워서 토라지다.

잡이는 아이 하나도 후릴 수 없다. 그만 채찍을 던졌다. 술기
도 돌아 몸이 유난스럽게 화끈거렸다.

"그만 떠나세. 녀석들과 어울리다가는 한이 없어. 장판의 각
다귀들이란 어른보다도 더 무서운 것들인걸."

조 선달과 동이는 각각 제 나귀에 안장을 얹고 짐을 싣기 시
작하였다. 해가 꽤 많이 기울어진 모양이었다.

드팀전 장돌이*를 시작한 지 이십 년이나 되어도 허 생원은
봉평 장을 빼논 적은 드물었다. 충주, 제천 등의 이웃 군에도
가고, 멀리 영남 지방도 헤매이기는 하였으나 강릉쯤에 물건하
러 가는 외에는 처음부터 끝까지 군내를 돌아다녔다.

닷새만큼씩의 장날에는 달보다도 확실하게 면에서 면으로 건
너간다. 고향이 청주라고 자랑삼아 말하였으나 고향에 돌보러
간 일도 있는 것 같지는 않았다. 장에서 장으로 가는 길의 아름
다운 강산이 그대로 그에게는 그리운 고향이었다. 반날 동안이
나 뚜벅뚜벅 걷고 장터 있는 마을에 거지반* 가까웠을 때, 거
친 나귀가 한바탕 우렁차게 울면 — 더구나 그것이 저녁녘이어
서 등불들이 어둠 속에 깜박거릴 무렵이면 늘 당하는 것이건만
허 생원은 변치 않고 언제든지 가슴이 뛰놀았다.

젊은 시절에는 알뜰하게 벌어 돈푼이나 모아본 적도 있기는
있었으나, 읍내에 백중*이 열린 해 호탕스럽게* 놀고 투전을

▶ 장돌이 : 장돌림. 여러 장을 돌아다니면서 물건을 파는 장수.
▶ 거지반 : 거의 절반 가까이.
▶ 백중 : 음력 칠월 보름. 절에서는 큰 명절이다.   ▶ 호탕스럽게 : 호기롭고 걸걸하다.

하고 하여 사흘 동안에 다 털어 버렸다. 나귀까지 팔게 된 판이었으나 애끊는 정분에 그것만은 이를 물고 단념하였다.

결국 도로아미타불로 장돌이를 다시 시작할 수밖에는 없었다. 즘생을 데리고 읍내를 도망해 나왔을 때에는 너를 팔지 않기 다행이었다고 길가에서 울면서 즘생의 등을 어루만졌던 것이었다. 빚을 지기 시작하니 재산을 모을 염*은 당초에 틀리고 간신히 입에 풀칠을 하러 장에서 장으로 돌아다니게 되었다.

호탕스럽게 놀았다고는 하여도 계집 하나 후려 보지는 못하였다. 계집이란 쌀쌀하고 매정한 것이었다. 평생 인연이 없는 것이라고 신세가 서글퍼졌다. 일신에 가까운 것이라고는 언제나 변함없는 한 필의 당나귀였다.

그렇다고는 하여도 꼭 한 번의 첫 일을 잊을 수는 없었다. 뒤에도 처음에도 없는 단 한 번의 괴이한 인연. 봉평에 다니기 시작한 젊은 시절의 일이었으나 그것을 생각할 적만은 그도 산보람을 느꼈다.

"달밤이었으나 어떻게 해서 그렇게 됐는지 지금 생각해두 도무지 알 수 없어."

허 생원은 오늘밤도 또 그 이야기를 끄집어내려는 것이다. 조 선달은 친구가 된 이래 귀에 못이 백이도록* 들어 왔다. 그렇다고 싫증을 낼 수도 없었으나, 허 생원은 시침을 떼고 되풀이할 대로는 되풀이하고야 말았다.

"달밤에는 그런 이야기가 격에 맞거든."

▶염 : 무엇을 하려는 생각이나 마음.　　　　▶백이다 : '박히다'의 사투리.

조 선달 편을 바라는 보았으나 물론 미안해서가 아니라 달빛에 감동하여서였다. 이즈러는졌으나 보름을 가제 지난 달은 부드러운 빛을 흐붓이 흘리고 있다. 대화까지는 팔십 리의 밤길, 고개를 둘이나 넘고 개울을 하나 건너고 벌판과 산길을 걸어야 된다. 길은 지금 긴 산허리에 걸려 있다. 밤중을 지난 무렵인지 죽은 듯이 고요한 속에서 즘생 같은 달의 숨소리가 손에 잡힐 듯이 들리며, 콩 포기와 옥수수 잎새가 한층 달에 푸르게 젖었다. 산허리는 왼통 메밀밭이어서 피기 시작한 꽃이 소금을 뿌린 듯이 흐붓한 달빛에 숨이 막힐 지경이다*. 붉은 대궁이 향기같이 애잔하고 나귀들의 걸음도 시원하다. 길이 좁은 까닭에 세 사람은 나귀를 타고 외줄로 늘어섰다. 방울소리가 시원스럽게 딸랑딸랑 메밀밭께로 흘러간다. 앞장선 허 생원의 이야기 소리는 꽁무니에 선 동이에게는 확적히*는 안 들렸으나, 그는 그대로 개운한 제멋에 적적하지는 않았다.

　"장 선 꼭 이런 날 밤이었네. 객줏집 토방*이란 무더워서 잠이 들어야지. 밤중은 돼서 혼자 일어나 개울가에 목욕하러 나갔지. 봉평은 지금이나 그제나 마찬가지나 보이는 곳마다 메밀밭이어서 개울가가 어디 없이 하얀 꽃이야. 돌밭에 벗어도 좋을 것을 달이 너무나 밝은 까닭에 옷을 벗으러 물방앗간으로 들어가지 않았나. 이상한 일도 많지. 거기서 난데없는 성 서방네 처녀와 마주쳤단 말이네. 봉평서야 제일 가는 일색이었지……."

▶숨이 막힐 지경이다 : 《조광》에는 '숨이 막혀 하얗었다'로 되어 있다.　　▶확적히 : 정확히.
▶토방 : 방에 들어가는 문 앞에 좀 높이 편평하게 다진 흙바닥. 여기에 쪽마루를 놓기도 한다.

"팔자에 있었나 부지."

아무렴 하고 응답하면서 말머리를 아끼는 듯이 한참이나 담배를 빨 뿐이었다. 구수한 자짓빛 연기가 밤기운 속에 흘러서는 녹았다.

"날 기다린 것은 아니었으나 그렇다고 달리 기다리는 놈팽이가 있은 것두 아니었네. 처녀는 울고 있단 말야. 짐작은 되고 있었으나 성 서방네는 한창 어려워서 들고날 판인 때였지. 한 집안 일이니 딸에겐들 걱정이 없을 리 있겠나. 좋은 데만 있으면 시집도 보내련만 시집은 죽어도 싫다지⋯⋯. 그러나 처녀란 울 때같이 정을 끄는 때가 있을까. 처음에는 놀래기도 한 눈치였으나 걱정 있을 때는 누그러지기도 쉬운 듯해서 이럭저럭 이야기가 되었네⋯⋯. 생각하면 무섭고도 기막힌 밤이었어."

"제천인지로 줄행랑을 놓은 건 그다음 날이었나."

"다음 장도막*에는 벌써 왼 집안이 사라진 뒤였네. 장판은 소문에 발끈 뒤집혀 고작해야 술집에 팔려 가기가 상수라고 처녀의 뒷공론이 자자들 하단 말이야. 제천 장판을 몇 번이나 뒤졌겠나. 하나 처녀의 꼴은 꿩 궈 먹은 자리야. 첫날밤이 마지막 밤이었지. 그때부터 봉평이 마음에 든 것이 반평생을 두고 다니게 되었네. 평생인들 잊을 수 있겠나."

"수 좋았지. 그렇게 신통한 일이란 쉽지 않아. 항용 못난 것 얻어 새끼 낳고, 걱정 늘고 생각만 해두 진저리나지⋯⋯. 그러나 늘그막바지까지 장돌뱅이로 지내기도 힘드는 노릇 아닌가.

▶장도막 : 한 장날로부터 다음 장날 사이의 동안을 세는 단위.

난 가을까지만 하구 이 생애와두 하직하려네. 대화쯤에 조그만
전방이나 하나 벌리구 식구들을 부르겠어. 사시장철* 뚜벅뚜
벅 걷기란 여간이래야지.”

"옛 처녀나 만나면 같이나 살까⋯⋯. 난 꺼꾸러질 때까지 이
길 걷고 저 달 볼 테야.”

산길을 벗어나니 큰길로 틔어졌다. 꽁무니의 동이도 앞으로

▶사시장철 : 사계절 중 어느 때나 늘.

나서 나귀들은 가로 늘어섰다.

"총각두 젊겠다 지금이 한창 시절이렷다. 충주집에서는 그만 실수를 해서 그 꼴이 되었으나 설게 생가 말게."

"처, 천만에요. 되려 부끄러워요. 계집이란 지금 웬 제격인 가요. 자나 깨나 어머니 생각뿐인데요."

허 생원의 이야기로 실심해한* 끝이라 동이의 어조는 한풀 수그러진 것이었다.

"애비 에미란 말에 가슴이 터지는 것도 같았으나 제겐 아버 지가 없어요. 피붙이라고는 어머니 하나뿐인걸요."

"돌아가셨나?"

"당초부터 없어요."

"그런 법이 세상에."

생원과 선달이 야단스럽게 껄껄들 웃으니, 동이는 정색하고 우길 수밖에는 없었다.

"부끄러워서 말하지 않으랴 했으나 정말예요. 제천 촌에서 달도 차지 않은 아이를 낳고 어머니는 집을 쫓겨났죠. 우수운 이야기나 그러기 때문에 지금까지 아버지 얼굴도 본 적 없고 있는 고장도 모르고 지내와요."

고개가 앞에 놓인 까닭에 세 사람은 나귀를 내렸다. 둔덕은 험하고 입을 벌리기도 대근하여* 이야기는 한동안 끊겼다. 나 귀는 건듯하면* 미끄러졌다. 허 생원은 숨이 차 몇 번이고 다

▶실심하다 : 근심 걱정으로 마음이 산란하다. 상심하다.
▶대근하다 : 견디기가 힘들고 만만하지가 않다. 고단하다. 힘들다.
▶건듯하면 : 걸핏하면(순우리말)

리를 쉬지 않으면 안되었다. 고개를 넘을 때마다 나이가 알렸다. 동이 같은 젊은 축이 그지없이 부러웠다. 땀이 등을 한바탕 쪽 씻어 내렸다.

고개 너머는 바로 개울이었다. 장마에 흘러 버린 널다리*가 아직도 걸리지 않은 채로 있는 까닭에 벗고 건너야 되었다. 고이*를 벗어 띠로 등에 얽어매고 반벌거숭이의 우스꽝스런 꼴로 물속에 뛰어들었다. 금방 땀을 흘린 뒤였으나 밤물은 뼈를 찔렀다.

"그래 대체 기르긴 누가 기르구."

"어머니는 하는 수 없이 의부를 얻어가서 술장사를 시작했죠. 술이 고주래서 의부라고 전 망나니예요. 철들어서부터 맞기 시작한 것이 하룬들 편한 날이 있었을까. 어머니는 말리다가 채이고 맞고 칼부림을 당하곤 하니 집 꼴이 무어겠소. 열여덟 살 때 집을 뛰어나서부터 이 짓이죠."

"총각 나쎄*론 섬*이 무던하다고 생각했더니 듣고 보니 딱한 신세로군."

물은 깊어 허리까지 찼다. 속 물살도 어지간히 센 데다가 발에 채이는 돌멩이도 미끄러워 금시에 훌칠 듯하였다. 나귀와 조 선달은 재빨리 거의 건넜으나 동이는 허 생원을 붙드느라고 두 사람은 훨씬 떨어졌다.

"모친의 친정은 원래부터 제천이었던가."

▶ 널다리 : 널빤지를 깔아서 놓은 다리.
▶ 나쎄 : 그만한 나이를 속되게 이르는 말.
▶ 고이 : '속곳'의 사투리.
▶ 섬 : '철 듦' 또는 '성품'의 사투리.

"웬걸요. 시원스리 말은 안 해주나 봉평이라는 것만은 들었죠."

"봉평. 그래 그 애비 성은 무엇인구."

"알 수 있나요. 도무지 듣지를 못했으니까."

"그 그렇겠지."

하고 중얼거리며 흐려지는 눈을 까물까물하다가 허 생원은 경망하게도 발을 빗디뎠다. 앞으로 꼬꾸라지기가 바쁘게 몸채 풍덩 빠져버렸다. 허부적거릴수록* 몸을 걷잡을 수 없어 동이가 소리를 치며 가까이 왔을 때에는 벌써 퍽이나 흘렀었다. 옷째 졸짝 젖으니 물에 젖은 개보다도 참혹한 꼴이었다. 동이는 물속에서 어른을 해깝게* 업을 수 있었다. 젖었다고는 하여도 여윈 몸이라 장정 등에는 오히려 가벼웠다.

"이렇게까지 해서 안됐네. 내 오늘은 정신이 빠진 모양이야."

"염려하실 것 없어요."

"그래 모친은 아비를 찾지는 않는 눈치지."

"늘 한 번 만나고 싶다고는 하는데요."

"지금 어디 계신가."

"의부와도 갈라져 제천에 있죠. 가을에는 봉평에 모셔 오랴고 생각 중인데요. 이를 물고 벌면 이럭저럭 살아갈 수 있겠죠."

"아무렴, 기특한 생각이야. 가을이랬다."

동이의 탐탁한 등어리가 뼈에 사무쳐 따뜻하다. 물을 다 건

▶허부적거리다 : '허우적거리다'의 사투리.　　▶해깝다 : '가볍다'의 사투리.

넜을 때에는 도리어 서글픈 생각에 좀더 엄혔으면도 하였다.

"진종일 실수만 하니 웬일이오, 생원."

조 선달이 바라보며 기어코 웃음이 터졌다.

"나귀야. 나귀 생각하다 실족을 했어. 말 안 했던가. 저 꼴에 제법 새끼를 얻었단 말이지. 읍내 강능집 피마*에게 말일세. 귀를 쫑긋 세우고 달랑달랑 뛰는 것이 나귀 새끼같이 귀여운 것이 있을까. 그것 보러 나는 일부러 읍내를 도는 때가 있다네."

"사람을 물에 빠치울* 젠 딴은 대단한 나귀 새끼군."

허 생원은 젖은 옷을 웬만큼 짜서 입었다. 이가 덜덜 갈리고 가슴이 떨리며 몹시도 추웠으나 마음은 알 수 없이 둥실둥실 가벼웠다.

"주막까지 부지런히들 가세나. 뜰에 불을 피우고 훗훗이 쉬여. 나귀에겐 더운물을 끓여 주고, 내일 대화 장 보고는 제천이다."

"생원도 제천으로."

"오래간만에 가 보고 싶어. 동행하려나 동이."

나귀가 걷기 시작하였을 때, 동이의 채찍은 왼손에 있었다. 오랫동안 아둑시니*같이 눈이 어둡던 허 생원도 요번만은 동이의 왼손잡이가 눈에 띄지 않을 수 없었다.

걸음도 해깝고 방울소리가 밤 벌판에 한층 청청하게 울렸다.

달이 어지간히 기울어졌다.

▶피마 : 다 자란 암말.　　　　　　　　▶빠치다 : 빠뜨리다.
▶아둑시니 : 밤눈이 어두운 사람. 원래 뜻은 '어둠의 귀신'을 뜻하는 사투리.

줄거리

여름장을 일찍 파하고 허 생원과 조 선달이 충주집으로 향한다. 조 선달이 동이 녀석이 여자를 후리고 있다고 말하니, 허 생원은 까닭모를 화가 치민다. 동이를 내쫓아 버렸다. 그러자 별 대꾸없이 물러가는 동이에게 미안한 생각이 든다. 이윽고 세 사람은 대화 장을 향해 저녁 길을 떠나며 그는 달밤의 분위기에 젖어 이야기를 시작한다. 허 생원은 여자와는 인연이 멀었지만, 그래도 꼭 한 번의 일을 잊을 수는 없었다. 목욕을 위해 옷을 벗으러 물레방앗간에 들어갔다가 울고 있는 성씨 처녀를 만나 이런저런 이야기 끝에 둘은 정을 통했고, 다음날 처녀의 그 가족은 떠나고 없었다는 이야기이다.

허 생원은 그 일을 잊지 못한다. 길을 가면서 허 생원은 동이에게 충주집에서의 일을 사과한다. 동이는 제천에서 아버지없이 태어났고, 어머니는 쫓겨났다는 말을 한다. 어머니는 이후 술집을 했고 의부와 함께 살았지만 망나니 같은 의부를 떠나 장을 떠돈다고 말해 준다. 그리고 어머니의 고향은 봉평이라는 것도 듣게 된다. 허 생원이 물에 빠지자, 동이가 건져 업는다. 등 위에서 어머니가 아비를 찾지 않더냐고 물어보니, 늘 만나고 싶어한다는 말과 어머니를 자기가 가을쯤에 모셔 온다는 말도 동이로부터 듣는다.

다시 길을 떠나고 허 생원은 내일 대화 장을 보고는 제천행을 하겠다고 말한다. 동이의 채찍이 왼손에 들려 있음을 보고 허 생원은 놀란다.

재미있게 읽었나요?

자, 이제부터는 생각하는 어린이가 되어 물음에 답해 보세요.

물음

1. 이 작품에서 전체적으로 말하려고 하는 주제는 무엇인가
   요?
2. 이 작품을 읽다 보면 서로의 관계를 생각해 볼 수 있는 상
   징들이 나옵니다. 나귀와 왼손잡이가 상징하는 것은 무엇
   인가요?

답

1. 떠돌이 삶의 애환과 인간의 기본적인 욕망.
2. 나귀 : 허 생원과 정서적으로 연결되어 있는 관계이며,
          허 생원과 동반자 관계임을 상징함.

   왼손잡이 : 허 생원과 동이가 혈육 관계임을 상징함.

무지개

김
동
인

■ 김동인(1900. 10. 2~1951. 1. 5)
평양에서 태어났으며, 호는 금동이고 소설가입니다. 1919년 2월
에 주요한, 김환 등과 같이 최초의 문예지 《창조》를 창간하였습니
다. 자연주의 계열의 단편소설 〈감자〉, 〈배따라기〉, 〈김연실전〉,
〈발가락이 닮았다〉 등과 민족주의 계열의 〈붉은산〉 등의 작품이 있
습니다. 〈감자〉는 우리 나라 초기의 자연주의 소설의 대표작이라고
평가받은 작품입니다.

■ 읽기 전에
〈무지개〉는 김동인이 《매일신보》(1930. 4. 29~5. 23)
에 발표한 작품입니다. 이 작품에는 무지개를 좇는 한
소년을 통해 인간의 현실적 욕망과 이상(꿈) 사이의 심
각한 차이가 잘 나타나 있습니다. 인간의 참된 행복은
과연 어디에 있는지 곰곰이 생각해 보면서 이 작품을
읽어보세요.

무지개

비가 개었다. 동시에 저편 벌 건너 숲 뒤에는 둥그렇게 무지개가 뻗쳤다. 오묘하신 하느님의 재주를 자랑하듯이, 칠색의 영롱한 무지개가 커다랗게 숲 이편 끝에서 저편 끝으로 걸치었다.

소년은 마루에 걸터앉아서 그것을 바라보고 있었다. 소년의 마음은 차차 뛰놀기 시작하였다. 찬란히 빛나는 무지개는, 마치 소년을 오라는 듯이 그의 아름다운 자태를 소년 앞에 커다랗게 벌리고 있었다.

한나절을 황홀히 그 무지개를 바라보고 있던 소년은, 마음속에 커다란 결심을 하였다.

'저 무지개를 잡아다가 뜰 안에 갖다 놓으면 얼마나 훌륭하고 아름다운 것인가!'

소년은 방 안에 있는 어머니를 찾았다.

"어머니."

"왜?"

어머니께서는 바느질하던 손을 멈추고, 사랑하는 아들의 얼굴을 보았다.

"어머니, 저 무지개를 잡으러 가겠어요. 네?"

어머니께서는 일감을 놓았다. 그리고 뚫어질듯이 아들의 얼굴을 보았다.

"네?"

"얘야, 무지개는 못 잡는단다. 멀리 하늘 끝 닿는 데 있어서 도저히 잡지 못한다."

"아니에요, 저 벌 건너 숲 위에 걸려 있는데……."

"아니다. 보기에는 그렇지만, 너의 이 어미도 오십 년 동안을 잡으려면서도 그것을 못 잡았구나."

"그래도…… 난 잡아요. 네? 내 얼른 잡아 올께요."

어머니는 다시 일감을 들었다. 그의 눈에는 수심*이 가득 찼다.

"네? 가요?"

찬란히 빛나는 무지개의 유혹은 소년에게는 무엇보다도 강한 것이었다.

어머니의 사랑의 품보다도, 따뜻한 가정보다도, 맛있는 국밥보다도, 무지개의 유혹만이 이 소년의 마음의 전체를 누르고 지배하였다. 네 번, 다섯 번 소년은 어머니에게 간청하였다.

어머니도 마침내 이 소년의 바람이 꺾을 수 없이 강한 것임을 알았다.

"정 그럴 것 같으면 가 보기는 해라. 그러나 벌 건너 저 숲까지 가 보고, 거기서 잡지 못하거든 꼭 돌아와야 한다,"

▶수심 : 매우 근심함. 또는 그런 마음. 걱정. 근심.

그런 뒤, 어머니는 아들을 위하여 든든히 차림을 차려 주어서 떠나보냈다.

"어머니! 그럼 내 얼른 가서 잡아 올게요. 꼭 기다려 주셔요."

하고 커다란 희망으로 떠나는 아들을 어머니는 눈물로서 보냈다.

소년은 걸음을 다하여 벌을 건너갔다. 그리고 바라던 숲에까지 이르렀다.

그거 이상하였다.

무지개는 벌써 그곳에 있지 아니하였다. 찬란히 빛나는 무지개는 더 저편으로 썩 물러가서, 그대로 소년을 이끄는 듯이 아름다운 자태를 커다랗게 벌리고 있었다.

'가깝기는 가까웠다. 그러나 좀더 가야겠구나.'

소년은 또다시 무지개를 바라보았다.

소년은 좀 몸이 피곤하였다. 동시에 마음도 좀 피곤하여졌다. 그러나 눈앞에 찬란히 빛나는 무지개를 바라볼 때에, 소년은 용기가 다시 나서 무지개를 향하여 걸었다.

얼마만큼 가서, 이만하면 되었으려니 하고 눈을 들어서 보았다. 그러나 찬란히 빛나는 무지개는 역시 같은 거리에서 그를 오라고 유혹하고 있었다.

소년은 높은 뫼도 어느덧 하나 넘었다. 그러나 무지개는 좀처럼 잡을 수가 없었다.

　그러나 — 그러나 그 무지개의 찬란한 광채는 여전히 끊임없이 소년을 오라는 듯이 유혹하였다. 잡힐 듯 잡힐 듯 하면서도 잡혀 주지 않는 그 무지개는 역시 소년에게는 커다란 유혹이었다.

　소년은 용기를 내었다. 그리고 무지개를 향하여 또 달음박질 하였다. 무지개를 잡으려는 오로지 한 조각의 붉은 마음*으로 피곤도 잊고, 아픔도 잊고, 뛰어가던 소년은 어떤 산마루에까지 이르러서 마침내 쓰러졌다. 이제는 한 걸음도 더 걸을 용기와 기운이 없었다.

　소년은 그 자리에 쓰러지면서 피곤한 잠에 잠기고 말았다.

　어지럽고 사나운 꿈 — 그 가운데서도 소년의 눈에는 끊임없이 찬란한 무지개의 광채가 어른거렸다. 그리고 그 무지개의 광채와 어울리는 아름다운 음악이 끊임없이 들리었다.

　많은 소년들과 많은 소녀들이 꽃으로 온몸을 장식하고, 손을 서로 맞잡고, 노래하며 돌아가고 있었다. 그리고 그 소년 소녀 의 동그라미 속에는 칠색이 영롱한 무지개가 마치 주위에 있는 소년들과 소녀들을 애호하듯이 커다랗게 팔을 벌리고 있었다.

　행복은
　뉘 것?
　누릴 자
　누구?

▶한 조각의 붉은 마음 : 일편단심(片丹心). 한결같은 참된 정성. 변치 않는 참된 마음.

소년과 소녀들의 노래는 부드럽고 아름답게 울려온다.

얼마를 이러한 꿈에 잠겨 있던 소년은 그 꿈에서 벌떡 깨면서 눈을 떴다.

조금 아래 그다지 멀지 않은 곳에서 무지개는 역시 소년이 오기를 기다리는 듯이 아름다운 광채를 내어, 팔을 벌리고 있었다.

'조금 더, 이제 한 걸음!'

소녀는 후다닥 일어섰다.

쏘는 다리, 저린 오금!

피곤으로 말미암아 소년은 하마터면 넘어질 뻔하였다. 소년은 다리에 힘을 주었다. 온몸에 있는 힘을 다 주었다. 눈 아래서 황홀히 빛나는 무지개는 그로 하여금 없는 힘을 다시 내게 한 것이었다.

또다시 그는 무지개를 향하여 달음박질을 하였다. 그러나 산 중턱에 걸린 줄 알고 뛰어내려오던 소년은 중턱에서 무지개를 만나지 못하였다. 그리고 산 아래까지 그냥 내려왔지만 무지개는 역시 멀리 물러서서, 마치 소년의 어리석음을 비웃듯이 빛나고 있었다.

'아! 곤하다.'

소년은 맥이 풀려서 털썩 주저앉았다.

소년은 뒤숭숭한 소리에 놀래서 깨었다. 그는 피곤함을 못이겨 어느덧 또 쓰러져서 잠이 들었던 것이다. 깨어서 보니 그 근처에는 어느덧 많은 소년들이 모여 있었다. 그리고 그들은 무엇을 다투고 있었다. 무엇을 다투는가 자세히 들으니, 그들은

무지개가 있는 방향이 서로 이편이다, 저편이다, 하고 다투는 것이었다.

"무지개는 이쪽 편에 있다."

어떤 소년은 동쪽을 가리키며 이렇게 말하였다.

"정신없는 소리 말아라. 무지개는 저쪽에 있다."

다른 소년은 반대했다.

"너희들은 눈이 있냐 없냐? 저쪽에 있지 않냐? 이제껏 너희들에게 속아서 따라 왔지만, 무지개는 역시 내 생각대로 저쪽에 있다."

다른 소년은 또 다른 데를 가리켰다. 그러나 그 많은 소년들이 가리키는 곳이 한 곳도 정확한 곳이 없었다. 모두 뚱딴지 같은 곳만 가리키면서 서로 다투고 있는 것이었다.

소년은 마침내 일어났다. 그리고 점잖은 웃음으로 그들을 보았다.

"여보셔요! 당신네들도 무지개를 잡으러 떠난 분들이오?"

"그렇소."

"당신네들의 말을 들으니까 무지개는 이곳에 있다, 저곳에 있다, 다투는 모양이지만, 무지개는 바로 요 앞에 있지 않소?"

소년은 무지개를 손가락으로 가리켰다. 다른 사람들은 소년이 가리키는 곳을 보았다. 그러나 무지개는 뵈지 않는 모양이었다. 역시 다툼은 계속되었다. 그리고 한참을 다투던 소년들은 의견은 모두 맞지 않아서 그곳에서 제가 생각하는 곳으로 찾아서, 아름다운 무지개를 잡으러 서로 손을 나뉘어 떠나기로

하였다.

　그것을 눈이 멀거니 바라보고 있던 우리의 소년도 마침내 일
어섰다. 그리고 그는 자기가 무지개가 있다고 믿는 곳을 향하
여 또한 피곤한 다리를 옮겼다.

　무지개는 역시 소년의 눈앞 몇 걸음 밖에서 찬란한 광채를 내

고 있었다.

'이번에는 꼭……!'

눈앞에 커다랗게 보이는 무지개에 소년의 용기는 백 배나 더 하여졌다.

어떤 곳에서 소년은 또 다른 많은 소년의 무리를 보았다. 그들은 모두 든든한 길신가리*를 차리고 있었다. 소년은 그들에게 가까이 가서 말을 붙여 보았다.

"노형*들은 어디로 가시오?"

"가는 게 아니라, 갔다가 오는 길이오."

뭇 소년들은 이구동성으로 대답을 하였다. 그들은 모두 끝없이 피곤한 눈에는 정기가 없고 몸은 쇠약으로 말미암아 떨고 있었다.

"어디를 갔다가 오시오?"

"무지개를 잡으러……."

"네? 그래, 잡았소?"

"여보*! 말도 마오. 그것에 속아서 공연히 좋은 세월을 헛되이 보냈소."

"집을 떠난 것은 언제쯤이오?"

"모르겠우. 감감하니까……."

"그래, 인제 그만두겠오?"

▶길신가리 : 길일(좋은 날)을 정해 죽은 사람의 복을 빌어주는 것.
▶노형 : 남자 어른이 상대편을 높여 부르는 호칭.
▶여보 : 어른이 비슷한 나이 또래의 사람을 부를 때 쓰는 말. 여보게.

"그만두고 말고! 눈앞에 보이는 것 같기에 그것에 속아서 이제나 저제나 하고 이제껏 왔지만……."

"인젠 요 앞에 있지 않소?"

"하하하하……."

그들은 웃었다.

"그러기에 말이오. 눈 앞에 몇 걸음 앞에 있는 것 같기에 그것에 속아서 아직껏 세월만 허송했오."

소년은 낙담하였다. 그리고 자기도 그만 돌아가 버릴까 하였다.

그러나 이상하다. 그때에 그 무지개는 쑤욱 더 소년에게 가까이 오며, 그 광채며, 빛깔이 더욱 영롱하여져서 단념하려는 소년으로 하여금 또다시 단념하지 못하게 하였다.

"아아, 아!"

소년은 커다란 한숨과 함께 다시 용기를 내었다.

"여보! 조금만 더 가 봅시다그려, 조금만."

소년은 그들에게 동행을 청하였다.

그러나 그들은 끝끝내 듣지 않았다.

몇 번을 권하여 본 뒤에 소년은 그들의 마음을 도저히 돌이키지 못할 것을 알았다.

그리고 그들과 작별한 뒤에 자기는 다시 그 찬란한 무지개를 향하여 길을 떠났다.

어떤 곳에서 그는 두 소년을 만났다. 그 두 소년은 무엇이 기쁜지 몹시 만족하다는 듯이 웃고들 있었다. 소년은 그들에게 가까이 갔다.

"여보! 말 좀 물읍시다."

"무슨 말이오?"

"좀 이상한 말이나 혹시 당신네들 무지개를 못 보았소?"

사실 소년은 그때에 무지개를 잃어버렸던 것이었다. 어디로 갔나? 여태껏 눈앞에 찬란히 빛나던 그 무지개는 하늘로 솟았는지, 땅으로 새었는지, 홀연히 그의 눈앞에서 그 아름다운 자태를 감추고 만 것이었다. 소년은 눈이 벌겋게 되어 찾았다. 그리고 종내* 찾지 못하여 낙담하였을 때 그의 앞에 두 소년이 나타난 것이다.

두 소년은 빙글빙글 웃었다.

"무지개 말이오? 무지개는 우리가 벌써 잡았소."

소년은 낙담하였다. 그리고 낙담에서 절망으로, 절망에서 비분으로, 걷잡을 새 없이 소년의 마음이 꺾어져 갈 때에, 이상도 하다. 홀연히 그의 앞에 역시 칠색이 찬란하게 빛나는 무지개가 문득 나타났다. 그 광채는 아직까지의 무지개보다 더 찬란하였다. 그 아직까지의 무지개보다 더 훌륭하였다.

소년의 마음은 절망에서 단숨에 희망으로 뛰어올라 갔다.

"어디 봅시다, 봅시다."

"무에요?"

"노형네가 잡았다는 그 무지개를!"

▶종내 : 끝에 가서 드디어. 끝내.

두 소년은 장한 듯이 품 안에서 자기네의 자랑감을 꺼내어 소년에게 보였다.

소년은 그것을 보았다. 그리고 하마터면 웃을 뻔했다. 그것은 평범하고 변변치 않은 기왓장에 지나지 못하였다. 두 소년은 하나씩 기왓장을 얻어 가지고 기뻐하는 것이었다.

"이게 무지개요? 이건 기왓장이구려."

두 소년은 각기 자기네의 보물을 다시금 살폈다. 그리고 한 소년은 부르짖었다.

"오, 무지개, 무지개! 나는 드디어 무지개를 잡았다. 이게 무지개가 아니고 무어란 말이오?"

그러나 한 소년은 한참 정신없이 자기가 가지고 있는 물건을 보다가 커다란 한숨과 함께 그 무지개를 높이 들었다. 절망의 부르짖음을 발하였다.

"아니로구나, 아니야! 이것은 무지개가 아니야! 아직껏 무지개로 믿고 기뻐하던 것은 기왓장에 지나지 못하누나!"

그리고 그는 그 기왓장을 던지고 우리의 소년에게 말하였다.

"노형도 무지개를 잡으러 떠난 사람이오?"

"예."

우리의 소년은 대답했다.

"그럼 우리 같이 갑시다. 나는 무지개를 꼭 잡고야 말겠소."

여기서 서로 뜻이 맞은 두 소년은 만족해한 소년을 남기고, 또한 찬란히 빛나는 무지개를 잡으러 길을 떠났다.

두 소년은 험한 산을 넘었다. 물결 센 물을 건넜다. 가시덤불을 헤쳤다. 자갈밭도 지났다. 그들은 오로지 무지개를 잡으려는 열정으로 온갖 난관을 참으면서 앞으로 앞으로 갔다.

그들은 가는 길에 수많은 소년들을 보았다. 어떤 사람들은 무지개를 잡으려다 잡지 못하고 낙망하여 집으로 돌아가는 것이었다. 어떤 사람들은 변변치 않은 기왓장을 얻어 기뻐하는 것이었다. 그리고 그 가운데 가장 많은 수효를 점령한 사람들은 무지개를 잡으려다 종내 잡지 못하고 심신이 피로하여 쓰러져서 괴로운 부르짖음만 발하는 것이었다.

"아, 무지개! 그것은 마침내 사람의 손으로 잡지 못할 것인가!"

그들은 목쉰 소리로 이렇게 부르짖으며 팔을 헤적거리고* 있었다. 그리고 그 가운데는 낙망과 피곤의 끝에 벌써 저 세상으로 간 사람도 많이 섞여 있었다.

이런 광경을 볼 때 두 소년은 용기가 꺾여졌다. 그리고 자기네들도 몇 번을, 이 여행을 중지할까 하였다. 아아 그러나 더욱 훌륭한 무지개가 그들을 오라는 듯이 두 팔을 벌리는 것이었다. 여기서 다시금 용기를 얻은 두 소년은, 무지개를 향하여 험한 길을 앞으로 앞으로 가는 것이었다.

어떤 험한 산골짜기까지 이르러서 동행하던 소년은 마침내 쓰러졌다.

▶헤적거리다 : 무엇을 찾으려고 자꾸 들추거나 파서 헤치다. 활개를 벌려 가볍게 저으며 걷다.

"여보! 난 인제 더 못 가겠소. 무지개는 도저히 잡지 못할 것임을 이제야 깨달았소."

동행하던 소년은 이렇게 한숨을 쉬었다.

"여보! 정신차려요. 여기까지 와서 이제 넘어진다니 웬 말이오?"

소년은 동행하던 친구를 흔들었다. 그러나 친구는 움직이지 않았다. 소년은 다시 흔들었다.

"여보! 정신차려요."

아, 그러나 그때는 벌써 동행하던 소년은 차디찬 몸으로 변하여버렸다.

소년은 거기서 통곡을 하였다. 그리고 자기도 그런 야망이 흔들렸다. 무지개는 도저히 잡지 못할 것인가 하는 의심이 일어났다. 그러나 ― 그러나 그때에 그의 눈앞에 다시금 찬란히 빛나는 무지개가 마치 그의 마음 약한 것을 비웃듯이 커다랗게 웃고 있었다.

위태로운 산길, 험한 골짜기, 가파로운 뫼며, 깊은 물, 온갖 고난은 또한 그를 괴롭혔다. 그러나 그는 더욱 희망과 용기를 내어 무지개로 무지개로 가까이 갔다.

그러나 얼마를 더 간 뒤에 소년도 마침내 인제 한 걸음도 더 걸을 수가 없게 되었다. 그리고 그는 거기서 무지개는 도저히 잡지 못할 것임을 처음으로 깨달았다.

그는 몸을 커다랗게 땅에 내어던졌다. 그리고 드높은 하늘을 쳐다보았다.

"아아, 무지개란 기어이 사람의 손으로 잡지 못할 것인가?"

아직껏 그와 같은 길을 걸은 수많은 소년들의 부르짖는 그 부르짖음을 이 소년은 여기서 또한 부르짖지 않을 수 없었다.

그리고 그는 여기서 그 야망을 마침내 단념하기로 결심한 것이었다.

그때에는 이상하다. 아직껏 검었던 머리는 갑자기 하얗게 되고, 그의 얼굴에는 전면에 수없이 주름살이 잡혔다.

줄거리

비가 갠 뒤, 저편 들판 건너 숲 뒤에 둥그렇게 무지개가 걸쳐 있다. 마루에 걸터앉아서 말없이 무지개를 바라보던 소년은 마음속으로 커다란 결심을 한다. 그것은 무지개를 잡아 뜰 안에 가져다 놓는 것, 소년은 어머니에게 그 결심을 털어놓는다. 그 말을 들은 어머니는 자신도 50년 동안 그것을 잡으려고 했지만 결국 잡지 못했다며 말린다. 하지만 소년의 마음속에 자리잡은 빛나는 무지개의 유혹은 무엇보다도 강한 것이었다.

소년의 마음을 안 어머니는 들판 건너 숲까지 가보고 거기서 무지개를 잡지 못하면 바로 돌아오라고 당부하며 소년을 떠나보낸다. 소년은 커다란 희망에 부풀어 들판을 건너 바라던 숲에 이르렀다. 그런데 무지개는 그곳에 있지 않았다. 어느새 저만큼 쑥 물러가 아름다운 자태를 뽐내고 있는 것이다. 소년은 실망하지 않고 곧 무지개를 잡을 수 있다고 믿으며 산을 넘고 또 넘었다. 하지만 이상하게도 무지개는 역시 저만큼 떨어져 있는 것이다. 피곤에 지친 소년은 그 자리에 쓰러져 잠이 들어 황홀한 무지개 잡는 꿈을 꾼다.

문득 꿈에서 깨어난 소년은 찬란히 빛나고 있는 무지개를 좇아 다시 산을 넘는다. 그러나 소년이 생각했던 곳까지 가면, 이상하게도 무지개는 항상 그렇듯 저만큼 떨어져 있는 것이다. 맥이 풀린 소년은 그 자리에 털썩 주저앉아 다시 잠이 든다. 웅성거리는 소리에 얼핏 눈을 뜬 소년은 자기와 같은 많은 소년들이 무지개 방향을 놓고 다투고 있는 것을 본다. 바로 눈앞에 무지개가 있지 않느냐고 소년이 말하지만 다른 소년들은 보지 못하고 뿔뿔이 흩어진다. 또 다른 곳에서는 무지개 잡는 것을 포기하고 돌아오는 소년들도 만나기도 하였다.

여전히 무지개를 잡을 수 있다고 믿는 소년은 계속 나아간다. 도중에 무지개를 잡았다고 생각하는 두 소년을 만난다. 하지만 그들이 잡았다고 믿는 무지개는 기왓장이었다. 거기서 소년은 자기가 잡은 것이 무지개가 아닌 기왓장이었다는 것을 안 다른 소년과 함께 다시 무지개를 잡으러 산을 넘는다.

그러나 어떤 험한 산골짜기에 이르러서, 동행하던 소년은 쓰러져 죽고 만다. 혼자 남은 소년은 끝까지 미련을 버리지 못하고 위태로운 산길, 가파른 산, 험한 골짜기, 깊은 물을 넘고 건넜다. 그러다 소년도 마침내 한 걸음도 걷지 못하게 되었다. 소년은 비로소 무지개는 잡을 수 없는 것임을 깨달았다. 그리고 그의 야망도 끝났다. 그때 갑자기 소년의 머리가 하얗게 세게 되고, 얼굴도 무수한 주름이 패였다.

재미있게 읽었나요?

자, 이제부터는 생각하는 어린이가 되어 물음에 답해 보세요.

물음

1. 이 작품에서 무지개가 상징하는 것은 무엇인가요?

2. 이 작품을 읽다 보면 마치 틸틸과 미틸 남매가 파랑새를 찾아 온갖 곳을 헤매는 꿈을 꾸다가 문득 꿈에서 깨어나 자기들이 기르던 비둘기가 파랑새였음을 깨닫는다는 모리스 마테를링크의 동화극을 연상시킵니다. 그 동화극은 무엇인가요, 또 그 동화극의 주제는 무엇인가요?

답

1. 인간의 무한한 욕구, 행복, 이상 등

2. 〈파랑새〉, 파랑새는 행복을 상징한다. '파랑새'가 상징하는 행복은 멀리 있는 게 아니라 가까이 있음을 나타낸다.

탈출기

최
서
해

■ 최서해(1901. 1. 21 ~ 1932. 7. 9)
소설가입니다. 호는 서해, 설봉이며, 필명은 풍년년이고, 본명은 학송입니다. 함경북도 성진의 가난한 집에서 태어나 어려서부터 가난한 생활을 뼈저리게 체험하였고, 이러한 체험이 그의 문학의 바탕이 되었습니다. 1924년 단편 〈고국〉이 《조선문단》에 실리면서 등단했습니다. 〈탈출기〉는 살길을 찾아 간도로 간 가난한 부부와 노모, 세 식구의 눈물겨운 참상을 묘사한 작품으로 신경향파 문학의 대표작으로 손꼽힙니다.

■ 읽기 전에
이 작품은 《조선문단》(1925. 3)에 발표한 서간체(편지) 형식의 자전적 소설입니다. 이 소설은 1920년대 우리 민족의 비참한 삶의 모습을 묘사한 '빈궁문학'의 대표작으로, 빈궁에 항거하는 반항적 주제를 내세우는 것이 특징입니다. 주인공이 자신의 빈궁을 곱씹으며 사회의 모순에서 비롯된 것을 깨닫게 되는지 생각해 보세요.

탈출기

1

김 군! 수삼차* 편지는 반갑게 받았다. 그러나 한 번도 회답치 못하였다. 물론 군의 충정에는 나도 감사를 드리지만 그 충정을 나는 받을 수 없다.

박 군! 나는 군의 탈가*를 찬성할 수 없다. 음험한 이역에 늙은 어머니와 어린 처자를 버리고 나선 군의 행동을 나는 찬성할 수 없다. 박 군! 돌아가라. 어서 집으로 돌아가라. 군의 부모와 처자가 이역 노두*에서 방황하는 것을 나는 눈앞에 보는 듯 싶다. 그네들의 의지할 곳은 오직 군의 품 밖에 없다. 군은 그네들을 구하여야 할 것이다.

군은 군의 가정에서 동량*이다. 동량이 없는 집이 어디 있으

▶수삼차 : 두서너 차례. 여러 차례.
▶탈가(脫家) : 일정한 조건, 환경, 구속 따위에서 벗어나기 위하여 자기 집에서 나감.
▶이역노두 : 이역은 다른 나라의 땅, 노두는 길거리. 즉 다른 나라의 길거리.
▶동량(棟梁) : 기둥과 들보를 아울러 이르는 말. 기둥.

라? 조그마한 고통으로 집을 버리고 나선다는 것이 의지가 굳다는 박 군으로서는 너무도 박약한 소위이다. 군은 ××단에 몸을 던져 ×선에 섰다는 말을 일전 황 군에게서 듣기는 하였으나, 그렇다하여도 나는 그것을 시인할 수 없다. 가족을 못 살리는 힘으로 어찌 사회를 건지랴.

박 군! 나는 군이 돌아가기를 충정으로 바란다. 군의 가족이 사람들 발 아래서 짓밟히는 것을 생각할 때! 군의 가슴인들 어찌 편하랴…….

김 군! 군은 이러한 말을 편지마다 썼지? 나는 군의 뜻을 잘 알았다. 사랑하는 나의 가족을 위하여 동정하여 주는 군에게 어찌 감사치 않으랴? 정다운 벗의 충고에 나는 늘 울었다. 그러나 그 충고를 들을 수 없다. 듣지 않는 것이 군에게는 고통이 될는지? 분노가 될는지? 나에게 있어서는 행복일는지도 알 수 없는 까닭이다.

김 군! 나도 사람이다. 정애*가 있는 사람이다. 나의 목숨 같은 내 가족이 유린*받는 것을 내 어찌 생각지 않으랴? 나의 고통을 제삼자로서는 만분의 일이라도 느낄 수 없는 것이다. 나는 이제 나의 탈가한 이유를 군에게 말하고자 한다. 여기에 대하여 동정과 비난은 군의 자유이다. 나는 다만 이러하다는 것을 군에게 알릴 뿐이다. 나는 이것을 군이 아니면 다른 사람에게라도 알리지 않고는 견딜 수 없는 충동을 받는 까닭이다. 그

▶정애(情愛) : 따뜻한 사랑.　　▶유린 : 남의 권리나 인격을 짓밟음.

러나 나는 단언한다. 군도 사람이어니 나의 말하는 것을 부인치는 못하리라.

2

김 군! 내가 고향을 떠난 것은 오년 전이다. 이것은 군도 아는 사실이다. 나는 그때에 어머니와 아내를 데리고 떠났다. 내가 고향을 떠나 간도*로 간 것은 너무도 절박한 생활에 시들은 몸에 새 힘을 얻을까 하여 새 희망을 품고 새 세계를 동경하여 떠난 것도 군이 아는 사실이다. 간도는 천부금탕이다. 기름진 땅이 흔하여 어디를 가든지 농사를 지을 수 있고 농사를 지으면 쌀도 흔할 것이다. 삼림이 많으니 나무 걱정도 될 것이 없다. 농사를 지어서 배불리 먹고 뜨뜻이 지내자. 그리고 깨끗한 초가나 지어 놓고 글도 읽고 무지한 농민들을 가르쳐서 이상촌*을 건설하리라. 이렇게 하면 강도의 황무지*를 개척할 수 있다.

이것이 간도 갈 때의 내 머릿속에 그리었던 이상이었다. 이때에 나는 얼마나 기뻤으랴! 두만강을 건너고 오랑캐령을 넘어서 망망한 평야와 산천을 바라볼 때 청춘의 내 가슴은 이상의 불길에 탔다. 구수한 내 소리와 헌헌한* 내 행동에 어머니와 아내도 기뻐하였다. 오랑캐령을 올라서니 서북으로 쏠려오는 봄, 세찬 바람이 어떻게 뺨을 갈기는지,

▶간도 : 중국 길림성의 동남부 지역. 두만강 근처의 동간도와 압록강 근처의 서간도를 통틀어 말한다. 일제 강점기에 우리나라 사람이 많이 살았다.
▶이상촌(理想村) : 이상적이며 완전한 마을.
▶황무지 : 손을 대어 거두지 않고 내버려 두어 거친 땅.　▶헌헌하다 : 풍채가 당당하고 빼어나다.

"에그, 춥구나! 여기는 아직도 겨울이군."

하고 어머니는 수레 위에서 이불을 뒤집어썼다.

"무얼요, 이 바람을 많이 마셔야 성공이 올 것입니다."

나는 가장 씩씩하게 말하였다. 이처럼 나는 기쁘고 활기로웠다.

3

김 군! 그러나 나의 이상은 물거품으로 돌아갔다. 간도에 들어서서 한 달이 못 되어서부터 거칠은 물결은 우리 세 생령*의

▶생령(生靈) : 살아 있는 넋이라는 뜻으로, '생명'을 이르는 말.

앞에 기탄없이 몰려왔다.

나는 농사를 지으려고 밭을 구하였다. 빈 땅은 없었다. 돈을 주고 사기 전에는 한 평의 땅이나마 손에 넣을 수 없었다. 그렇지 않으면 지나인*의 밭을 도조나 타조로 얻어야 한다. 일 년 내 중국사람에게서 양식을 꾸어 먹고 도조나 타조*를 얻는대야 일 년 양식 빚도 못될 것이고 또 나 같은 '시로도(아마추어)'에게는 밭을 주지 않았다.

생소한 산천이요, 생소한 사람들이니, 어디가 어쩌면 좋을런지? 의논할 사람도 없었다. H라는 촌 거리에 셋방을 얻어 가지고 어름어름하는 새에 보름이 지나고 한 달이 넘었다. 그 새에 몇 푼 남았던 돈은 다 불려 먹고 밭은 고사하고 일자리도 못 얻었다. 나는 팔을 걷고 나섰다. 이리저리 돌아다니면서 구들*도 고쳐주고 가마도 붙여주었다. 이리하여 호구하게* 되었다. 이때 H장에서는 나를 '온돌장이'(구들 고치는 사람)라고 불렀다. 갈아입을 의복이 없는 나는 늘 숯검정이 꺼멓게 묻은 의복을 벗을 새가 없었다.

H장은 좁은 곳이다. 구들 고치는 일도 늘 있지 않았다. 그것으로 밥먹기가 어려웠다. 나는 여름 불볕에 삯*김도 매고 꼴도 베어 팔았다. 그리고 어머니와 아내는 삯방아 찧고 강가에 나가서 부스러진 나뭇개비를 주워서 겨우 연명하였다.

▶지나인(支那人) : 중국인.
▶도조 타조 : 수확량의 반을 세금으로 내는 타조법보다 수확량에 관계없이 일정한 소작료를 내는 도조법이 농민들에게 조금 유리하다.
▶구들 : 온돌.　　　　　　　　　　　▶호구하다 : 겨우 끼니를 이어가다.
▶삯 : 일한 데 대한 품값으로 주는 돈이나 물건. 대가. 보수. 바느질 하고 대가를 받으면 '삯바느질', 남 논밭의 김을 매주고 대가를 받으면 '삯김'.

김 군! 나는 이때부터 비로소 무서운 인간고*를 느꼈다. 아아, 인생이란 과연 이렇게도 괴로운 것인가, 하는 것을 나는 생각하게 되었다. 나는 나에게 닥치는 풍파 때문에 눈물 흘린 일은 이때까지 없었다. 그러나 어머니가 나무를 줍고 젊은 아내가 삯방아를 찧을 때 나의 피는 끓었으며 나의 눈은 눈물에 흐려졌다.

"에구, 차라리 내가 드러누워 앓고 있지, 네 괴로워 하는 꼴은 차마 못 보겠다."

이것은 언제 내가 병들어 신음할 때에 어머니가 울면서 하신 말씀이다. 이것을 무심히 들었던 나는 이때에야 이 말의 참뜻을 느꼈다.

"아아, 차라리 나의 고기가 찢어지고 뼈가 부서지는 것은 참을 수 있으나, 내 눈앞에서 사랑하는 늙은 어머니와 아내가 배를 주리고 남의 멸시를 받는 것은 참으로 견디기 어렵구나."

나는 이렇게 여러 번 가슴을 쳤다. 나는 밤이나 낮이나, 비오나 바람이 치나 헤아리지 않고 삯김, 삯심부름, 삯나무, 무엇이든지 가리지 않았다.

"오늘도 배고프겠구나, 아침도 변변히 못 먹고……. 나는 너 배주리지 않는 것을 보았으면 죽어도 눈을 감겠다."

내가 삯일을 하다가 늦게 돌아오면 어머니는 우실 듯이 말씀하셨다. 그러나 나는 흔연하게,

"배가 무슨 배가 고파요."

▶인간고(人間苦) : 사람이 세상살이에서 받는 고통.

하고 대답하였다.

내 아내는 늘 별말이 없었다. 무슨 일이든지 시키는 대로 다 소곳하고 아무 소리 없이 순종하였다. 나는 그것이 더욱 불쌍하게 생각된다. 나는 어머니보다도 아내 보기가 퍽 부끄러웠다.

"경제의 자립도 못 되는 내가 왜 장가를 들었누?"

이것이 부모의 한 일이었지만 나는 이렇게도 탄식하였다. 그럴수록 아내에게 대하여 황공하였고 존경하였다.

'어떻게 하면 살 수 있을까?'

이러한 생각은 이때 내 머리를 몹시 때렸다. 이때 나에게 부지런한 자에게 복이 온다, 하는 말이 거짓말로 생각되었다. 그 말을 지상의 격언으로 굳게 믿어온 나는 그 말에 도리어 일종의 의심을 품게 되었고 나중은 부인까지 하게 되었다.

부지런하다면 이때 우리처럼 부지런함이 어디 있으며 정직하다면 이때 우리 식구같이 정직함이 어디 있으랴? 그러나 빈곤은 날로 심하였다. 이틀 사흘 굶은 적도 한두 번이 아니었다. 한번은 이틀이나 굶고 일자리를 찾다가 집으로 들어가 보니 부엌 앞에서 아내가 — 아내는 이때에 아이를 배어서 배가 남산만하였다 — 무엇을 먹다가 깜짝 놀란다. 그리고 손에 쥐었던 것을 얼른 아궁이에 집어넣는다. 이때 불쾌한 감정이 내 가슴에 떠올랐다.

'무얼 먹을까? 어디서 무엇을 얻었을까? 무엇이길래 어머니와 나 몰래 먹누? 아! 여편네란 그런 것이로구나! 아니 그러나 설마…… 그래도 무엇을 먹던데…….'

나는 이렇게 아내를 의심도 하고 원망도 하고 밉게도 생각하였다. 아내는 아무런 말없이 어색하게 머리를 숙이고 앉아 씩씩하다가 밖으로 나간다. 그 얼굴은 좀 붉었다.

아내가 나간 뒤에 아내가 먹다 던진 것을 찾으려고 아궁이를 뒤지었다. 싸늘하게 식은 재를 막대기에 뒤져내니 벌건 것이 눈에 띄었다. 나는 그것을 집었다. 그것은 귤껍질이다. 거기는 베어먹은 잇자국이 있다. 귤껍질을 쥔 나의 손은 떨리고 잇자국을 보는 내 눈에는 눈물이 괴었다.

김 군! 이때 나의 감정을 어떻게 표현하면 적당할까?

'오죽 먹고 싶었으면 길바닥에 내던진 귤껍질을 주워 먹을까, 더욱 몸 비잖은* 그가! 아아, 나는 사람이 아니다. 그러한 아내를 나는 의심하였구나! 이놈이 어찌하여 그러한 아내에게 불평을 품었는가. 나 같은 잔악한 놈이 어디 있으랴. 내가 양심이 부끄러워서 무슨 면목으로 아내를 볼까?'

이렇게 생각하면서 나는 느껴가며 눈물을 흘렸다. 귤껍질을 쥔 채로 이를 악물고 울었다.

"야, 어째서 우느냐? 일어나거라. 우리도 살 때 있겠지, 늘 이러겠느냐."

하면서 누가 어깨를 친다. 나는 그것이 어머니인 것을 알았다.

"아이구 어머니, 나는 불효자외다."

하면서 어머니의 팔을 안고 자꾸자꾸 울고 싶었다. 그러나 나는 아무 소리 없이 가슴을 부둥켜안고 밖으로 나갔다.

▶몸 비잖다 : 몸이 비지 않다. 임신을 하다는 뜻으로 해석.

'내가 왜 우노? 울기만 하면 무엇 하나? 살자! 살자! 어떻게 든지 살아보자! 내 어머니와 내 아내도 살아야 하겠다. 이 목숨 이 있는 때까지는 벌어 보자!'

나는 이를 갈고 주먹을 쥐었다. 그러나 눈물은 여전히 흘렀 다. 아내는 말없이 울고 섰는 내 곁에 와서 손으로 치마끈을 만 지작거리며 눈물을 떨어뜨린다. 농사집에서 자라난 아내는 지 금도 어찌 수줍은지 내가 울면 같이 울기는 하여도 어떻게 말 로 위로할 줄은 모른다.

4

김 군! 세월은 우리를 위하여 여름을 항시 주지는 않았다.

서풍이 불고 서리가 내리기 시작하였다. 찬 기운은 벗은 우리 를 위협하였다. 가을부터 나는 대구어* 장사를 하였다. 삼 원을 주고 대구 열 마리를 사서 등에 지고 산골로 다니면서 콩(大豆) 과 바꾸었다. 난 대구 열 마리는 등에 질 수 있었으나 대구 열 마리를 주고 받은 콩 열 말은 질 수 없었다. 나는 하는 수 없이 삼사십 리나 되는 곳에서 두 말씩 두 말씩 사흘 동안이나 져왔 다. 우리는 열 말 되는 콩을 자본삼아 두부장사를 시작하였다.

아내와 나는 진종일 맷돌질을 하였다. 무거운 맷돌을 돌리고 나면 팔이 뚝 떨어지는 듯하였다.

내가 이렇게 괴로울 적에 해산한 지 며칠 안되는 아내의 괴로

▶대구어(大口魚) : 대구.

움이야 어떠하였으랴? 그는 늘 낯이 부석부석하였다. 그래도
나는 무슨 불평이 있는 때면 아내를 욕하였다. 그러나 욕한 뒤
에는 곧 후회하였다. 콧구멍만한 부엌방에 가마를 걸고 맷돌을
놓고 나무를 들이고 의복가지를 걸고 하면 사람은 겨우 비비고
들어앉게 된다. 뜬 김에 문창*은 떨어지고 벽은 눅눅하다. 모
든 것이 후질근하여 의복을 입은 채 미지근한 물 속에 들어앉
은 듯하였다. 어떤 때는 애써 갈아 놓은 비지가 이 뜬 김 속에
서 쉬어 버렸다. 두붓물이 가마에서 몹시 끓어 번질 때에 우유

▶문창 : 문을 바르는데 쓰는 얇은 종이. 창호지.

빛 같은 두붓물 위에 버터빛 같은 노란 기름이 엉기면 ― 그것은 두부가 잘될 징조다 ― 우리는 안심한다.

그러나 두붓물이 희멀끔해지고 기름기가 돌지 않으면 기기만 시선을 쏘고 있는 아내의 낯빛부터 글러* 가기 시작한다. 초를 쳐보아서 두붓발이 서지 않게 매캐지근하게 풀려질 때에는 우리의 가슴은 덜컥 한다.

"또 쉰 게로구나! 저를 어쩌누?"

섯을 달라구 빽빽 우는 어린아이를 안고 서서 두붓물만 들여다보시는 어머니는 목메인 말씀을 하시면서 우신다. 이렇게 되면 온 집안은 신산*하여 말할 수 없는 울음, 비통, 처참, 소조한* 분위기에 싸인다.

"너 고생한 게 애닯구나! 팔이 부러지게 갈아서……. 그거(두부)를 팔아서 장을 보려고 태산같이 바랐더니……."

어머니는 그저 가슴을 뜯으면서 우신다. 아내도 울듯 울듯 머리를 숙인다. 그 두부를 판대야 큰 돈은 못된다. 기껏 남는대야 이십 전이나 삼십 전이다. 그것으로 우리는 호구를 한다. 이십 전이나 삼십 전에 어머니는 운다. 아내도 기운이 준다. 나까지 가슴이 바짝바짝 조인다.

그날은 하는 수 없이 쉰 두붓물로 때*를 메우고 지낸다. 아이는 젖을 달라고 밤새껏 빽빽거린다. 우리의 살림에 어린애도 귀치는 않았다.

▶그르다 : 어떤 일이나 형편이 잘못되다. 나쁘다.
▶신산 : 세상살이 힘들고 고생스러움을 이르는 말. 고생. 고통.
▶소조(蕭條)하다 : 고요하고 쓸쓸하다. 막막하다.　　▶때 : 끼니 또는 식사시간.

5

 울면서 겨자먹기*로 괴로운 대로 또 두부를 하지 않으면 안 된다. 그러나 이번에는 땔나무가 없다. 나는 낫을 들고 떠난다. 내가 낫을 들고 떠나면 산후 여독으로 신음하는 아내도 낫을 들고 말없이 나를 따라나선다. 어머니와 나는 굳이 만류하나 아내는 듣지 않는다. 내 손으로 하는 나무이건만 마음놓고는 못한다. 산 임자에게 들키면 여간한 경을 치지 않는다. 그러므로 우리는 황혼이면 산에 가서 나무를 하여 지고 밤이 깊어서 돌아온다. 아내는 이고 나는 지고 캄캄한 밤에 산비탈로 내려오다가 발이 미끄러지거나 돌에 채이면 곤두박질을 하여 나뭇짐 속에 든다. 아내는 소리 없이 이었던 나무를 내려놓고 나뭇짐에 눌려서 바둥거리는 나를 겨우 끄집어 일으킨다. 그러나 내가 나뭇짐을 지고 일어나면 아내는 혼자 나뭇짐을 이지 못한다. 또 내가 나뭇짐을 벗고 아내에게 이어 주면 나는 추어 주는 이 없이는 나뭇짐을 질 수가 없었다. 하는 수 없이 나는 어떤 높은 바위에 벗어놓고 아내에게 이어 준다. 이리하여 산비탈을 내려오면 언제 왔는지 어머니는 애를 업고 우들우들 떨면서 산 아래서 기다리다가도,

 "인제 오니? 나는 너 또 붙들리지나 않은가 하여 혼이 났다."

 하신다. 이때마다 내 가슴은 저렸다. 나는 이렇게 나무를 하

▶울며 겨자 먹기 : (속담) 맵다고 울면서도 겨자를 먹는다는 뜻으로, 싫은 일을 억지로 하는 것을 말함.

다가 중국 경찰서까지 잡혀가서 여러 번 맞았다. 이때 이웃에
서는 우리를 조소하고 경찰에서는 우리를 의심하였다.

"흥, 신수가 멀쩡한 연놈들이 그 꼴이야, 어디 가 일자리도
구하지 않고, 그 눈이 누래서 두부장사 하는 꼬락서니는 참 더
러워서 못 보겠네. ×알을 달고 나서 그렇게야 살리?"

이것은 이웃 남녀가 비웃는 소리였다. 그리고 어떤 산 임자
가 나무 잃고 고발을 하면 경찰서에서는 불문곡직*하고 우리
집부터 수색하고 질문하면서 나를 때린다. 그러나 나는 호소할
곳이 없다.

6

김 군! 이러구러 겨울은 점점 깊어가고 기한은 점점 박두하였
다. 일자리는 없고…… 그렇다고 손을 털고 앉아 있을 수도 없었
다. 모든 식구가 퍼러퍼레서 굶고 앉은 꼴을 나는 그저 볼 수 없
었다. 시퍼런 칼이라도 들고 하루라도 괴로운 생을 모면하도록
쿡쿡 찔러 없애고 나까지 없어지든지, 나가서 강도질이라도 하여
서 기한을 면하든지 하는 수밖에는 더 도리가 없게 절박하였다.

나는 일이 없으면 없느니만큼, 고통이 닥치면 닥치느니만큼
내 번민은 크다. 나는 어떤 날은 거의 얼빠진 사람처럼 눈을 감
고 깊은 생각에 잠긴 일도 있었다. 이때 머릿속에서는 머리를
움실움실 드는 사상이 있었다 ― 오늘날에 생각하면 그것은 나

▶불문곡직(不問曲直) : 옳고 그름을 묻지 아니함. 주로, '불문곡직하고'의 꼴로 쓰임.

　의 전 운명을 결정할 사상이었다 ─.

　　그 생각은 누구의 가르침에 의해 일어난 것도 아니려니와 일부러 일으키려고 애써서 일어난 것도 아니다. 봄 풀싹같이 내 머릿속에서 점점 머리를 들었다.

　　나는 여태까지 세상에 대하여 충실하였다. 어디까지든지 충실하려고 하였다. 내 어머니, 내 아내까지도⋯⋯. 뼈가 부서지고 고기가 찢기더라도 충실한 노력으로써 살려고 하였다. 그러나 세상은 우리를 속였다. 우리의 충실을 받지 않았다. 도리어 충실한 우리를 모욕하고 멸시하고 학대하였다.

　　우리는 여태까지 속아 살았다. 포악하고 허위스럽고 요사한 무리를 용납하고 옹호하는 세상인 것을 참으로 몰랐다. 우리뿐 아니라 세상의 모든 사람들도 그것을 의식치 못하였을 것이다. 그네들은 그러한 세상의 분위기에 취하였었다. 나도 이때까지 취하였었다. 우리는 우리로서 살아온 것이 아니라 어떤 험악한 제도의 희생자로서 살아왔었다……

　김 군! 나는 사람들을 원망치 않는다. 그러나 마주*에 취하여 자기의 피를 짜 바치면서도 깨지 못하는 사람을 그저 볼 수 없다. 허위와 요사와 표독(標毒)과 게으른 자를 옹호하고 용납하는 이 제도는 더욱 그저 둘 수 없다.

　이 분위기 속에서는 아무리 노력하여도 우리의 생의 만족을 느낄 날이 없을 것이다. 어찌하여 겨우 연명을 한다 하더라도 죽지 못하는 삶이 될 것이요, 그 영향은 자식에게까지 미칠 것이다. 나는 어미 품속에서 빽빽 하는 어린것의 장래를 생각할 때면 애잡짤한* 감정과 분함을 금할 수 없다. 내가 늘 이 상태면 — 그것은 거의 정한 이치다 — 그에게는 상당한 교양은 고사하고, 다리 밑이나 남의 집 문간에 버리게 될 터이니, 아! 삶을 받을 만한 생명을 죄없이 찌그러지게 하는 것이 어찌 애닯지 않으며 분치 않으랴? 그렇다면 그것을 나의 죄라 할까?

　김 군! 나는 더 참을 수 없었다. 나는 나부터 살려고 한다. 이때까지는 최면술에 걸린 송장이었다. 제가 죽은 송장으로 남(식구들)을 어찌 살리랴. 그러려면 나는 나에게 최면술을 걸려는 무리를 험악한 이 공기의 원류*를 쳐부수어야 하는 것이다.

▶마주(魔酒) : 정신을 흐리게 하는 술.
▶애잡짤하다 : 가슴이 미어지듯 안타깝다.　　　▶원류 : 본래 바탕. 기원. 원천.

나는 이것을 인간의 생의 충동이며 확충이라고 본다. 나는 여기서 무상의 법열*을 느끼려고 한다. 아니 벌써부터 느껴진다. 이 사상이 나로 하여금 집을 탈출케 하였으며, ××단에 가입케 하였으며, 비바람 밤낮을 헤아리지 않고 벼랑 끝보다 더 험한 ×선에 서게 한 것이다.

김 군! 거듭 말한다. 나도 사람이다. 양심을 가진 사람이다. 내가 떠나는 날부터 식구들은 더욱 곤경에 들 줄로 나는 안다. 자칫하면 눈 속이나 어느 구렁에서 죽는 줄도 모르게 굶어죽을 줄도 나는 잘 안다. 그러므로 나는 이곳에서도 남의 집 행랑어멈이나 아범이며, 노두에 방황하는 거지를 무심히 보지 않는다. 아! 나의 식구도 그럴 것을 생각할 때면 자연히 흐르는 눈물과 뿌직뿌직 찢기는 가슴을 덮쳐 잡는다.

그러나 나는 이를 갈고 주먹을 쥔다. 눈물을 아니 흘리려고 하며 비애에 상하지 않으려고 한다. 울기에는 너무도 때가 늦었으며 비애*에 상하는 것은 우리의 박약을 너무도 표시하는 듯 싶다. 어떠한 고통이든지 참고 분투하려고 한다.

김 군! 이것이 나의 탈가한 이유를 대략 적은 것이다. 나는 나의 목적을 이루기 전에는 내 식구에게 편지도 하지 않으려고 한다. 그네가 죽어도, 내가 또 죽어도…….

나는 이러다 성공 없이 죽는다 하더라도 원한이 없겠다. 이 시대, 이 민중의 의무를 이행한 까닭이다.

아아, 김 군아! 말을 다 하였으나 정은 그저 가슴에 넘치누나!

▶법열(法悅) : 참된 이치를 깨달았을 때 느끼는 황홀한 기쁨.
▶비애 : 슬퍼하고 서러워함. 슬픔.

줄거리

김 군! 여러 번 편지는 반갑게 받았다. 그러나 나는 한번도 답장을 못하였다. 물론 군의 마음에는 감사하지만 그 마음을 나는 받을 수 없다.

박 군! 나는 군의 탈가를 찬성할 수 없다. 음험한 이역에 늙은 어머니와 어린 처자를 버리고 나선 군의 행동을 나는 찬성할 수 없다. ……
박 군! 돌아가라. 어서 집으로 돌아가라.

김 군! 군은 이러한 말을 편지마다 썼지?
내가 고향을 떠난 것은 오년 전이다. 이것은 군도 아는 사실이다. 무지한 농민을 일깨워 이상촌을 만들겠다는 꿈을 가지고 오년 전, 어머니와 아내를 데리고 간도로 갔다. 하지만 땅은 고사하고 굶기를 밥먹듯했다. 꿈은 아랑곳없이 나는 중국인에게도 땅을 얻어 농사짓기가 어려워 날품팔이로 전전한다.
어느 날, 내가 일거리를 구하지 못하고 탈진하여 집에 들어가서 보니 임신한 아내가 무엇인가를 먹고 있었다. 잠시 잠깐 혼자 몰래 음식을 먹는 아내를 의심하고 원망하였다. 그래서 아내가 먹던 것을 찾으려고 아궁이를 뒤졌다. 막대기로 재를 저어 내니 벌건 것이 눈에 띄었다. 그것은 거리에서 주운 귤 껍질이었다. 임신한 아내는 너무도 배가 고픈 나머지 귤 껍질을 주워 먹은 것이다. 내 눈에는 눈물이 괴었다. 비통함에 더 열심히 살아 보려고 생선 장수도 하고 두부 장수도 했다. 온갖 궂은 일을 다 하여도 가난에서 벗어날 수가 없었다. 나는 세상과 어머니와 아내에게 충실하려고 했지만 세상이 우리를 멸시·학대한다고 생각했기 때문에 가족을 희생하면서까지 어떤 집단에 가입하게 되었다.

이 분위기 속에서는 아무리 노력하여도 우리는 우리의 생의 만족을 느낄 수 없을 것이다. 어찌하여 겨우 연명을 한다고 하더라도 죽지 못하는 삶이 될 것이다. ……

김 군, 이것이 나의 탈가 이유를 대략 적은 것이다. 나는 나의 목적을 이루기 전에는 내 식구에게 편지도 않으려고 한다. 그 안에 그네가 죽어도 …… 내가 죽어도 나는 이러다가 성공 없이 죽는다 하더라도 어떤 원한도 없다. 이 시대. 이 민중의 의무를 이행한 까닭이다.

아아 김 군아! 말은 다하였으나 정은 그저 가슴에 넘치누나.

생각해 봅시다

재미있게 읽었나요?
자, 이제부터는 생각하는 어린이가 되어 물음에 답해 보세요.

물음

1. 이 작품은 편지를 쓰듯이 이야기를 풀어나가고 있습니다.
   이런 소설 형식을 무엇이라고 하나요?
2. 이 작품을 읽다 보면 주인공이 일제 강점기의 비참한 현실
   을 고백하듯이 들려줍니다. 작가가 말하고자 하는 주제는
   무엇인가요?

답

1. 서간체 소설.
2. 일제 강점기의 비참한 현실에 대한 저항과 투쟁적 삶의 의
   지.